Viel Spaß beim Lesen
wünscht

[illegible]

Vogl/Widhofner · Hechtgrau und flaschengrün

Gerhard Vogl/Hans Widhofner

HECHTGRAU UND FLASCHENGRÜN

Österreichs Heer, Polizei, Gendarmerie
und Justizwache
in Anekdoten und Karikaturen

Kremayr & Scheriau

Die Zahl unserer Mitarbeiter war diesmal so groß, daß wir um Verständnis bitten, wenn wir sie aus Platzmangel nicht einzeln nennen können.
Verlag und Autor danken allen Mitarbeitern, besonders Heinz Danzmayer und Walter Penk-Lipowski, für die kritische Durchsicht, Peter Zehrer für viele Anregungen.

Wir danken dem Kohn'schen Postkartenmuseum, Wien I, Teinfaltstraße 3, unter der Leitung von Frau Minna Pixner für die freundliche Genehmigung der Abdruckrechte für Carl Josef und Fritz Schönpflug. Weiters danken wir Frau Pixner für die Beratung bezüglich der Auswahl der Karikaturen.

CIP-Titelaufnahme der Deutschen Bibliothek

Vogl, Gerhard:
Hechtgrau und flaschengrün: Österreichs Heer, Polizei, Gendarmerie und Justizwache in Anekdoten und Karikaturen
Gerhard Vogl; Hans Widhofner. – Wien: Kremayr & Scheriau, 1989
ISBN 3-218-00498-5
NE: Widhofner, Hans:

Lektorat: Brigitte Hilzensauer
Gestaltung und Herstellung: Gerhard Kellinger
Gestaltung des Schutzumschlags unter Verwendung einer Karikatur von Ironimus
Satz: RSB – Fotosatz, 1040 Wien
Druck und Bindung: Wiener Verlag, Himberg bei Wien
ISBN 3 218 00498 5

INHALT

ZEITLOS

Der Minister des Äußern
Kann sich nicht äußern,
Der Minister des Inneren
Ist schwach im Erinnern,
Der Kriegsminister
Trägt Szepter und Kron im Tornister,
Der Minister der Finanzen
Muß nach jeder Pfeife tanzen,
Der Minister des Handels
Ist unsichtbaren Wandels,
Der Minister der Justiz
Hat nicht Stimme, nur Sitz,
Der Minister des Kultus
Ändert cultus in stultus,
Der Chef der Polizei
Schüttelt den Kopf dabei.

Franz Grillparzer schrieb dies 1856, ohne Kenntnis der Ministerliste Anfang des Jahres 1989:

Außen: Mock
Innen: Blecha
„Krieg": Lichal
Finanzen: Lacina
Handel: Graf
Justiz: Foregger
Kultus: Hawlicek
Polizei: Bögl

VON KORPORALEN UND GENERALEN

DAS BUNDESHEER

Eigentlich ist die Geschichte von den beiden Landjungfern schon uralt, die über ihre neuesten Eroberungen prahlen. Die eine sagt zur anderen: „Du, der Meinige ist General, oder – gar Korporal!“
Was man als Unwissenheit einer im Umgang mit dem Militär unerfahrenen Landbewohnerin abtun möchte, hat einige seriöse Parallelen.

SCHALL UND RAUCH

So leitet sich etwa der *Marschall* aus dem althochdeutschen *marahscalc* ab. Das erste Wortglied wurde einst für Pferd verwendet, das hintere, uns heute geläufig in der Form „Schalk“, hatte in älterer Zeit die Bedeutung: Knecht. Der Marschall war also ursprünglich nichts anderes als ein einfacher *Pferdeknecht.* (Ein ordentlicher Sprung nach oben auf der Rangleiter – und das in nur wenigen Jahrhunderten.)
Umgekehrt erging es dem *Wachtmeister* mit seinem Abstieg aus lichter Höh'. Das Wort *Meister* ist schon in frühesten Zeiten unserer Sprachgeschichte aus dem lateinischen *Magister* entlehnt worden. Der *Wachtmeister* ein Akademiker?
In der Karriereleiter war der erste Unteroffiziersgrad einst höher vertreten. Als *Obristwachtmeister* hielt er sich in der

Offizierskaste bis 1580, dann wurde er durch den aus dem Spanischen entlehnten *Major* verdrängt.
Auch der Leutnant ist in seiner Bedeutung schon die Rangskala hinauf- und hinuntergeklettert. Unser *Leutnant* hat sprachlich mit dem Wort Leute überhaupt nichts zu tun; hingegen bezeichnete das mittellateinische *locum tenens* den Stellvertreter einer ranghohen Persönlichkeit. (Wie werden sich die Oberleutnants freuen, wenn sie das lesen.)
In Frankreich nannte man in der Bourbonenzeit *Lieutenant du Roi* einen Sonderbevollmächtigten des Königs. Davon sind unsere heutigen Leutnants weit entfernt.
Bleibt noch die Dienststufe 2 in der Rangskala – der *Gefreite*, ein Wort, das durch die Weltgeschichte in alle Winkel des Globus verbreitet worden ist. Und wovon war er wohl „gefreit" (heute würden wir natürlich „befreit" sagen)? Vom Schildwachstehen. Gefreite, das ist eure Chance, unter Bezug auf die Geschichte vom Wachdienst befreit zu werden.
Den steilsten Aufstieg und Fall hat *ein* Gefreiter genommen, der „Böhmische Gefreite". Wußten Sie übrigens, wie aus dem im oberösterreichischen Braunau geborenen Hitler ein „Behm" wurde? Heinrich Drimmel, Unterrichtsminister der großen Koalition und erfolgreicher Buchautor, hat dies aufgespürt: Hitlers „Vorgesetztem", dem Reichspräsidenten Paul von Hindenburg, war nur das Braunau in Böhmen, nicht das am Inn geläufig. So haben wir A. H. doppelt „exportiert": zuerst von Wien nach München und dann – dank Hindenburg – aus Oberösterreich nach Böhmen.

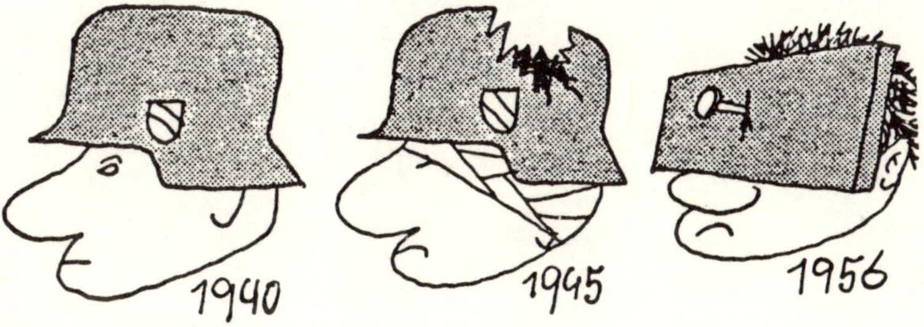

KÜNSTLER UNTER SICH

Nach jahrelangen Diskussionen um die einzelnen Rangbezeichnungen in den beiden obersten Dienstklassen – die übrigens sinnlos war, da in Österreich jeder höhere Offizier automatisch mit „Herr General" angesprochen wurde – ließ man sich was Neues einfallen.

Die Politiker (entnervt, weil das kleine Bundesheer bald mehr Generale als eine echte Armee hatte) stimmten einer Lösung nach Schweizer Vorbild zu. Zum bereits vorhandenen Titel Brigadier kamen die Ränge Divisionär und Korpskommandant dazu.

Der aus dem Französischen stammende Begriff wird Korps geschrieben und „Chor" gesprochen. Damit sollten noch viele in- und außerhalb des Heeres ihre liebe Not haben (auch Radio- und Fernsehredakteure).

Eines Tages fuhr Korpskommandant Dr. Tretter in Uniform mit seinem Dienstwagen auf der Autobahn von Salzburg nach Linz. Ein mit Schotter beladener LKW verlor einen Stein. Dieser zerschlug die Windschutzscheibe des Generalsautos und beschädigte auch noch den PKW einer Dame. Beide Wagen hielten an, und der hohe Offizier bot Hilfe an. Salutierend stellte er sich vor: „Korpskommandant Dr. Tretter."

„Welchen Chor kommandieren Sie denn, Herr Doktor?" fragte daraufhin freundlich die Hobbysängerin.

DIE HOHE POLITIK

Das Verteidigungsministerium ist eines der jüngeren Ministerien der Zweiten Republik; dennoch ist die Liste derer bereits beachtlich, die ihr Glück mit der Führung dieses (gerade jetzt wieder umstrittenen) Ressorts versuchten: Ferdinand Graf, Karl Schleinzer, Georg Prader, Johann Freihsler, Karl F. Lütgendorf, Otto Rösch, Friedhelm Frischenschlager, Helmut Krünes und Robert Lichal. Eines der wenigen Ministerien also, das die „Farbe" mehrfach gewechselt hat und in dem die Politik eine nicht zu übersehende Rolle gespielt hat – quod demonstrandum esse.

BEFEHLSTREUE

Man schrieb das Jahr 1965. Auf der Strecke zwischen Leoben und Graz, genauer gesagt bei Frohnleiten, passierte es: ein großer schwerer Mercedes wurde durch einen entgegenkommenden LKW gezwungen, vor einem Mannschaftstransportwagen des Bundesheeres hineinzuschneiden. Dabei „tuschte" es. Der Lenker und der Beifahrer der großen Limousine nahmen alle Schuld auf sich und wollten, da sie es augenscheinlich sehr eilig hatten, rasch weiterfahren. Doch der Fahrzeugkommandant, der Gefreite Schiffer, verhinderte dies mit den Worten: „Ich habe den strikten Befehl, bei jedem Unfall die Gendarmerie zu holen. Wenn ich den Befehl nicht einhalte, sperrt mich der Oberleutnant ein."

Der Beifahrer, ein schon etwas älterer, weißhaariger, soignierter Herr im dunklen Anzug brummte zu seinem Fahrer: „Na gut, wenn's der Herr Oberleutnant so befohlen hat, dann kann man nichts machen. Holen S' die Gendarmerie!" Der Fahrer stapfte in ein nahes Gasthaus, um zu telephonieren; binnen weniger Minuten kamen

gleich zwei Funkstreifen mit Blaulicht angerast, blieben mit quietschenden Reifen stehen, ein Gendarmeriebeamter sprang aus dem VW-Käfer heraus und lief auf den älteren Herrn zu:
„Herr Bundeskanzler, Revierinspektor Oberhuber zur Unfallaufnahme zur Stelle!“ Von den Soldaten hatte keiner Bundeskanzler Dr. Gorbach erkannt. Dieser ließ die gesamte Bundesregierung warten, um den Gefreiten nicht in Schwierigkeiten zu bringen. Schließlich war er selbst einmal Oberleutnant gewesen.

WENIG DIPLOMATISCH

Der sowjetische Verteidigungsminister Marschall Rodion Malinowski, Kriegsheld im Zweiten Weltkrieg, besuchte zweimal das österreichische Bundesheer. Bei seinem ersten Aufenthalt war er Gast bei einer Waffenschau auf dem Übungsplatz Aualm im Salzburgischen. Hauptmann Pertl, Jahrgang 1919 und daher Kriegsteilnehmer, führte die Infanteriewaffen vor, darunter auch das von der Deutschen Wehrmacht verwendete MG 42. Pertl, ein sehr direkter Mensch, stellte Malinowski die Waffe mit folgenden Worten vor: „Das ist das berühmte MG 42; damit haben wir die Russen niedergemäht.“ Es ist nicht bekannt, wie der Dolmetsch das übersetzt hat.

AUFGEWECKT

Zu den Fixpunkten jedes Staatsbesuches zählt ein Abend in der Wiener Staatsoper. Nicht anders bei der Visite des jugoslawischen Staatspräsidenten Josip Broz Tito. Für die Politiker des Gastlandes ist so ein Abend selten eine Entspannung; vielmehr wird der ohnedies prall gefüllte Terminkalender durch Staatsbesuche noch voller.
Verteidigungsminister Georg Prader – was sein Schlafpensum betraf, ohnedies ständig im Minus – nickte nach der

Ouvertüre zur „Fledermaus", die auf besonderen Wunsch des Altösterreichers Tito gegeben wurde, unbemerkt von seiner Gattin ein. Plötzlich stupste sie ihn und sagte leise: „Schau, der General R. ist eingeschlafen."
Prader brummend: „Und deshalb hast' mi aufg'weckt?"

EGAL, EIN TIROLER

Als 1983 in Innsbruck der Posten des Militärkommandanten zu besetzen war, der durch die Pensionierung von Divisionär Mathis frei wurde, galt sein langjähriger Stabschef, Oberst Seyr, als logischer Nachfolger. Der hatte allerdings einen „Webfehler", stand er doch der SPÖ nahe. Vorsichtig versuchten nun seine Berater, Tirols Landeshauptmann Eduard Wallnöfer auf diese ungewohnte Situation vorzubereiten. Man argumentierte damit, daß es in Tirol keinen geeigneteren Kandidaten als den „roten" Seyr

gäbe und man einen gleich qualifizierten „Schwarzen“ aus den östlichen Bundesländern holen müßte.
Wallnöfer legte, wie immer, wenn er nachdenklich wurde, den Kopf schief und brummte schließlich:
„Liaba a rota Tiroler als a schwoaza Weana!“

GENUG PROLETEN

Ähnlich, nur farbenverkehrt, war ein Jahr früher die Situation im „roten“ Wien gewesen. Selbst SPÖ-Verteidigungsminister Otto Rösch mußte zugestehen, daß man für den scheidenden General Karl Schrems, Langzeitmitglied der Partei, keinen farblich passenden Nachfolger habe. Die Wahl von Rösch fiel auf Karl Majcen, einen untadeligen, prononcierten Katholiken und eher konservativen Generalstäbler.
Leopold Gratz, damals noch Wiener Bürgermeister und Landeshauptmann, stimmte zu. Angesprochen auf die parteipolitisch ungewöhnliche Entscheidung, meinte der „Poldi“ trocken:
„Proleten hab’ ma selber gnua!“

DER „LÜ“

Wie und warum gerade Karl Ferdinand (Freiherr von) Lütgendorf Verteidigungsminister in einer sozialistischen Regierung wurde, darüber gibt es zahlreiche Deutungsversuche.
General Emil (Graf) Spannocchi, 1971 als Kommandant der Landesverteidigungsakademie Mitglied und zugleich Gastgeber der Kreiskyschen „Bundesheer-Reformkommission“ (die „Mutter“ der späteren Kommissionitis), erzählt folgende Variante: Bei einer Sitzung kam es zum Krach zwischen dem damaligen Befehlshaber der Gruppe II, Generalmajor Albert Bach, und Lütgendorf. Dieser verließ den Raum und traf am Gang einen Redakteur des „Express“, der ihn fragte, warum er die Sitzung verlassen habe. Lütgendorf schaltete schnell und erklärte: er verlasse die Reformkommission, weil die alten „Kracher“ – damit waren die Generäle gemeint – die Reformvorstellungen Kreiskys bremsten.
Der Rest ist bekannt.

„GOTT SCHÜTZE ÖSTERREICH“

Kaum hatte Kreisky Lütgendorf mitgeteilt, daß er ihn als Nachfolger seines schwer erkrankten Offizierskameraden Brigadier Freihsler zum neuen Minister machen wolle, griff „Lü“ zum Telefon, um diese freudige Nachricht seinem Vater, General in Ruhe Freiherr Kasimir von Lütgendorf, mitzuteilen.
Mit prophetischer Gabe ausgestattet meinte der alte Herr: „Gott schütze Österreich!“
P. S. Lütgendorf hat dies selbst mehrmals im Kameradenkreis erzählt.

DIE WITWE

Emmi Lütgendorf, ebenso energische wie streitbare Witwe des früheren Verteidigungsministers, traktierte den Bürgerdienst des Innenministeriums mit ihren zahlreichen Anliegen. Bei einem ihrer ersten Besuche erklärte sie dem Portier am Minoritenplatz, sie sei die Witwe des früheren Verteidigungsministers und müsse zum Bürgerdienst. Der Portier, offenbar verunsichert wegen der raschen Ministerwechsel in der rot-blauen Koalition, meldete beim Bürgerdienst telephonisch ihr Kommen:
„Die Frau Frischenschlager ist da!“

„LÜ“-WASSER

Frau Lütgendorf wollte sich für die hilfreiche Tätigkeit des Bürgerdienstes bedanken und brachte einen „Selbstgebrannten“ mit. Er schmeckte auch danach. Die Flasche war mit „Lü-Wasser“ beschriftet. Zufällig wurde entdeckt, daß der Schnaps die Stempelfarbe auf der Schreibtischunterlage zum Verschwinden brachte. Seitdem wird das „Lü-Wasser“ vom Bürgerdienst als Putzmittel verwendet.

DER FALSCHE MINISTER

Helmut Krünes war erst wenige Monate im Amt und dementsprechend noch kaum im Heer bekannt. Als begeisterter Jogger verband er sein Hobby gern mit dienstlichen Pflichten und zog seine Runden in verschiedenen Wiener Kasernen, um gleichzeitig auch den morgendlichen Dienstbetrieb zu überwachen.
Eines Morgens kam Krünes, wie immer unangemeldet, in die Wilhelmskaserne zur sogenannten „Verfügungskompanie“ (darin sind alle Kraftfahrer, Schreiber und sonstigen Hilfsdienste für das Ministerium zusammengefaßt).
Oberst Sonnleitner, nebenbei auch für diesen „Verfügungshaufen“ zuständig, hörte, daß der Minister da sei. Als er über den Kasernenhof eilte, sah er einen Herrn im eleganten Nadelstreif stehen. Er steuerte ihn an, meldete kurz und sprudelte los: Es sei für ihn, einen kleinen Obersten, nahezu unmöglich, die Verfügungskompanie ordentlich zu führen, da die hohen Herren aus dem Mini-

sterium ständig dreinredeten. Er müsse also mindestens zum Brigadier befördert werden, um sich durchsetzen zu können. Endlich muß der Oberst Atem holen; da stoppte sein Gegenüber mit folgender überraschenden Erklärung den Redefluß: „Das ist sehr interessant, was Sie mir da erzählen, Herr Oberst. Ich bin aber nur der Fahrer vom Krünes. Der Minister läuft dort im blauen Jogginganzug!“

ROBERT DER EROBERER

Der amtierende Verteidigungsminister Robert Lichal ist bekannt für seine markigen Sprüche. Das hat ihm schon mehrere Spitznamen eingebracht, so zum Beispiel: „Revolver-Hofrat“ und „Kanonen-Robert“. Dazu noch zwei aus den jüngsten politischen Konflikten:
Lichal auf dem Höhepunkt der Auseinandersetzung um den Draken und Alois Mock: „Mein Kopf ruht noch

aufrecht auf meinen Schultern und ist nicht auf den Zinnen der Grazer Burg aufgespießt!"
„Die Draken sind aus Schweden. Die neuen Panzer-Abwehrraketen sind aus Schweden. Die Instruktoren sind aus Schweden. Warum sagen S' zu mir Mister IKEA?"

DAS AMTLICHE DOKUMENT

Das Bundesheer hatte zu einer Vorführung der zwei zur Auswahl stehenden Abwehrlenkwaffen, der schwedischen „Bill" und der französischen „Milan", auf den Truppenübungsplatz Seetaleralpe bei Judenburg geladen. Unter den Gästen auch die drei Wehrsprecher von SPÖ, ÖVP und FPÖ. Treffpunkt war die Kaserne Zeltweg, der Stationierungsort der Draken-Abfangjäger. Der Abgeordnete zum Nationalrat Alois Roppert, Wehrsprecher der SPÖ, zeigt dem Torposten der Kaserne seinen Parlamentsausweis. Der steirische Rekrut studiert das unbekannte Papier lange und meint dann entwaffnend: „Haben S' net a amtliches Dokument?" Schließlich akzeptierte er den Führerschein.

DIE GOTTSÖBERSTEN

Die Generale sind nicht nur die Höchsten in der Hierarchie, oft auch die Gefährlichsten, gelegentlich die Grantigsten. Zur Warnung vor dem hohen Getier verpaßte man ihnen – lange bevor es die Warnzeichen im Straßenverkehr gab – ein „Rotlicht“.
Im übrigen ist dieses optische Warnzeichen keine Erfindung der neueren Zeit. Schon im römischen Heer trug der Kriegstribun, wie damals der General genannt wurde, einen roten Streifen an seiner Tunika. Mit wachsender Eitelkeit wurden daraus vier rote Streifen an den Hosenbeinen. Man behauptet, daß es Generale gegeben habe, die sogar am Nachthemd rote Streifen trugen. Sicher ist aber, daß ein Generalstabskurs der Gattin von General Spannocchi als Ausmusterungsscherz ein schwarzes Unterhöschen mit roten Streifen verehrte.

SPRECHENDER HUND

Turbulentes Treiben am Faschingsdienstag in der Hesserkaserne in St. Pölten. Das Telefon läutet bereits die längste Zeit, unbemerkt von lachenden Offizieren. Endlich hört einer das Klingeln und hebt ab. Am anderen Ende der Leitung ist Generalmajor Ernest Bernadiner, damals Stabschef der Armee, der irgendeinen Herrn des Kommandos sprechen will. Die Verbindung ist schlecht, der Geräuschpegel hoch, der schon etwas angeheiterte Major des Intendanzdienstes, Magister Rath, vernimmt schließlich die mit bellendem Ton vorgetragenen Worte: „Bernadiner, Bernadiner!“ Er hält die Muschel zu und ruft ins Kasino: „Burschen, da hab ich an Hund in der Leitung, der kann reden.“

DIE LÖSUNG

Erster Besuch des neuen Armeekommandanten General Emil Spannocchi beim Landwehrregiment 33 in Mautern bei Krems. Alles läuft wie am Schnürchen; eine gelungene Präsentation des Truppenkörpers vor seinem obersten Chef. Dementsprechend leutselig spricht der Armeekommandant am Ende der Inspizierung den Regimentskommandanten, Oberst Karl Pernsteiner, an: „Nun, Herr Oberst, hast du noch irgendwelche Probleme?"
Die Antwort, typisch für Pernsteiner, ist kurz und bündig: „Herr General, als Regimentskommandant bin ich dazu berufen, die Probleme in meinem Bereich selbst zu lösen. Und die Probleme, die dabei nicht zu lösen sind, die werden Sie auch nicht lösen können."
Spannocchi nach einer Schrecksekunde: „Das hat mir noch keiner gesagt. Aber eigentlich hast du recht!"

MEINE REDEN NET Z'RUCK!

Der dritte in der Reihe der Armeekommandanten, General Hannes Philipp, legte großen Wert auf militärische Präzision – zu seinem besonderen Steckenpferd wurde der Drill. Im Frühjahr 1988 besichtigte er eine Truppenübung des leichten Landwehrbataillons 123 in der Buckligen Welt.
In einem Waldlager beanstandete er den Zugskommandanten, einen Leutnant. Der Leutnant versuchte, sich wortreich zu verteidigen; der General wollte aber keine Erklärungen. Er stoppte den Redefluß und wandte sich dem nächsten Soldaten zu. Wie es Generale so zu tun pflegen, fragte er nach dessen Beruf im Zivilleben.
Der Angesprochene, ein kleiner, schon etwas älterer Milizsoldat mit leicht angegrautem Bart, antwortete mit der typischen niederösterreichischen Klangfarbe:
„Wolln S' des wirkli wiss'n?" Der General bejahte.
„I bin da Totengraber von Eggendorf", war die überraschende Auskunft. Was dann geschah, war noch ungewöhnlicher: Der Soldat zupfte den großgewachsenen General am Ärmel, zog ihn zu sich herunter und flüsterte ihm hörbar zu:

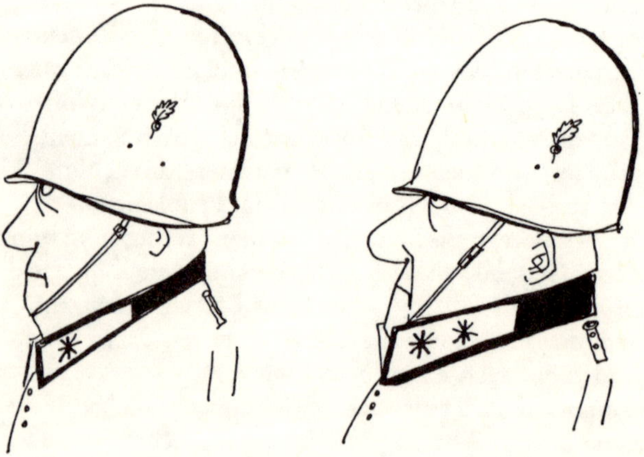

„I sog Ihna no wos, Herr General! I hob aa fünfhundert Mann unter mir“, und machte eine typische Handbewegung. Dann sah er kurz zum vorlauten Leutnant hinüber: „Oba von denen redt kaner z'ruck!“

STERNDEUTER

Generalmajor Werner Vogl – mein Vater – inspizierte in der Oststeiermark eine Übung der 5. Jägerbrigade. Es wehte ein eisiger Wind; mein Vater hatte das Kragenrevers zugeknöpft, die Generalsspiegel waren daher nicht zu sehen.

Plötzlich sprang ein Soldat aus einem Gebüsch und nahm Grundstellung ein: „Herr Oberst, melde mich als Wachposten!“ Die Meldung gefiel meinem Vater, nicht aber der falsche Dienstgrad. „Also“, begann er freundlich, „wie viele Sterne hat ein Oberst?“ Wie aus der Pistole geschossen kam die Antwort: „Drei, Herr Oberst!“ „Richtig“, antwortete mein Vater, knöpfte den Mantel auf und zeigte auf die goldenen Generalsdistinktionen mit dem silbernen Stern. „Und wie viele Sterne habe ich?“ Unerschütterlich tönte es zurück: „Einen, Herr Oberst!“

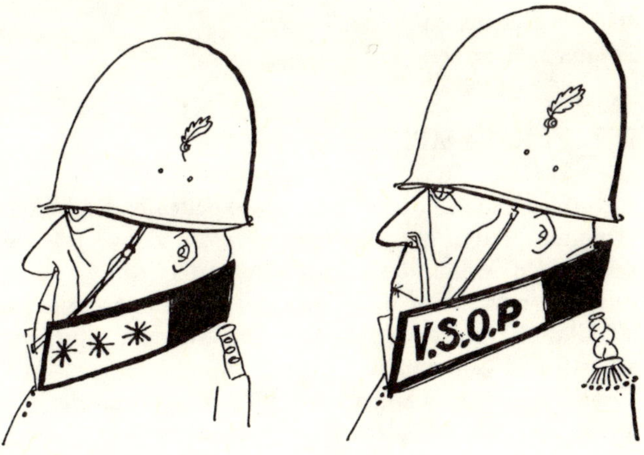

VON MENSCH ZU MENSCH

Torwache in Linz-Hörsching. Armeekommandant Hannes Philipp möchte in Zivil den Posten passieren. Der studiert umständlich den Dienstausweis. Der General wird langsam ungeduldig.
„Wissen Sie, wer ich bin?"
Darauf der Soldat: „Jawohl, Sie sind der Herr Philipp."
„Richtig. Können Sie mir auch noch sagen, ob Gefreiter, Korporal oder Oberst Philipp?"
Längere Nachdenkpause. „Sie sind der Herr Johann Philipp."

TRIFTIGE GRÜNDE

Mehr als sechs Jahre diente Brigadier Dr. Raimund Truxa dem Bundespräsidenten Franz Jonas als Adjutant. Während Jonas trotz vieler kulinarischer Verlockungen, die mit den gesellschaftlichen Verpflichtungen verbunden waren, einigermaßen seine Linie halten konnte, erlag der hohe Offizier allzugerne den kalorienreichen Genüssen. Als er einmal zwischen zwei Terminen eine kurze Ruhepause einlegte und sich in der Adjutantur auf einen Diwan bettete, gab er folgende Weisung aus:
„Ich bin nur in zwei Fällen zu wecken:
erstens: Gehaltserhöhung,
zweitens: Kriegserklärung."

DIE VERPLEMPERTE ZEIT

Aufgrund einiger kleiner, an sich unbedeutender Mißverständnisse war es zu einem respektablen Zerwürfnis zwischen dem Militärkommandanten von Niederösterreich, Divisionär M., dem Bürgermeister der Bezirkshauptstadt Waidhofen an der Ybbs und dem dortigen Kameradschaftsbund gekommen.
Einige Tage vor Weihnachten 1982 waren nun der Herr Bürgermeister samt dem Gemeinderat und die Vertreter

des Kameradschaftsbundes zu einem Versöhnungsgespräch nach St. Pölten gereist. Es wurden Kaffee und Kuchen serviert, angeregt geplaudert, alle Mißverständnisse ausgeräumt, und die Herren schieden in Frieden voneinander. Aber noch war der Tag nicht vorbei. Als sich die Besucher im Vorzimmer des Militärkommandanten in ihre Wintermäntel zwängten, hörten sie unfreiwillig die laute Stimme des Divisionärs durch die Polstertür: „Jetzt habe ich mit diesen Arschlöchern zwei Stunden verplempert!“ Der alte Zustand war wieder hergestellt und konnte trotz großer Mühe lange Zeit nicht behoben werden.

EISIG

Bei einer Inspizierung fragte Divisionär Dr. Schoeller einen Soldaten, ob er wohl wisse, wie er, sein Militärkommandant heiße. Das Gesicht des oberösterreichischen Wehrmannes signalisierte völlige Ahnungslosigkeit. Zur selben Zeit lief im Radio, es war Sommerzeit, ein sehr griffiger Werbespot für das „Mövenpick-Eis“ von Schöller. Der hohe Herr leutselig:
„No, junger Mann, denken Sie einmal an eine bekannte Eismarke!“
Wie aus der Pistole kam jetzt die Antwort: „Eskimo!“

FLASCHENGRÜNE TRAUMDEUTER

Die Herren vom Generalstab haben zur Titelzeile beigetragen. Warum man sie „Traumdeuter“ nannte, ist nicht verbindlich überliefert; wahrscheinlich deshalb, weil sie für jeden noch so ausgefallenen Befehl eine Deutung fanden; schließlich waren sie auf der Kriegsschule (jetzt Landesverteidigungsakademie) drei Jahre darauf gedrillt worden. Über das Beiwort „flaschengrün“ haben wir bereits in „Roda Rodas Erben“ spekuliert. Vielleicht liegt die Wurzel im Bibelzitat über den ägyptischen Josef: „Er hängte sich ein grünes Mäntelchen um und dünkte sich mehr als die anderen.“

ERGEBNIS BEKANNT

Der junge Generalstabsmajor K., vollbepackt mit Wissen von der eben abgeschlossenen dreijährigen Ausbildung zum Führungsgehilfen, hält einen Vortrag über das neue Konzept der Raumverteidigung. In der anschließenden Diskussion prallen die unterschiedlichen Standpunkte zwischen den durchwegs kriegserfahrenen älteren Offizieren und dem jungen Major hart aufeinander. Als ihm der Boden zu heiß wird, beendet der „Stäbler" die Debatte mit folgendem Resümee:
„Meine Herren! Sie haben die Raumverteidigung an Ihren Erfahrungen aus dem Zweiten Weltkrieg kritisch gemessen. Das Resultat dieses Krieges ist hinlänglich bekannt."

DIPLOMATISCH

Zu den Ritualen der Generalstabsausbildung gehören Planspiele und Geländebesprechungen sonder Zahl. So stand auch der 3. Generalstabskurs um seinen Kommandanten, den damaligen Oberst Bach (später General und Gruppenbefehlshaber in Graz), im Halbkreis versammelt am Gmundener Berg. Bach fragte die angehenden „Zauberlehrlinge":
„Wo legen Sie den vorderen Rand der Verteidigung hin, hier oben oder weiter unten im Tal?"
Sechs der Herren waren für oben, neun stimmten für die Tallösung.
„Und du, Hoy", fragte der Oberst den als besonders pfiffig bekannten Major, der sich noch nicht geäußert hatte.
„Ich warte, wie sich Herr Oberst entscheiden werden", war die entwaffnende Antwort. Hoy machte trotzdem oder gerade deswegen Karriere und brachte es bis zum Korpskommandanten.

NASSER FEIND

Oberst des Generalstabes Otto Vymetal, den Lesern von „Roda Rodas Erben" bereits durch sein Talent als Verseschmied bekannt („In ihrem Lager ist Österreich"), zeigte schon als junger Hauptmann Proben seines Talents. Bei einer Offiziersbesprechung in Osttirol, wo Vymetal die in Lienz stationierte Jägerkompanie führte, hatte er den Angriff von italienischen Alpinisoldaten über die Drau bei Innichen zu beurteilen. Major Ruef, ein fast zwei Meter großer Hüne zu dem eher klein gewachsenen Vymetal: „Herr Hauptmann, was tun Sie, wenn der Feind den Fluß überquert?" Dabei blickte er ihn finster an.
Vymetal löste das Problem auf literarische Art:
„Herr Major, kimmt der Feind da durch das Wassa, kimmt er aussa als a nassa!" Ruef stampfte fluchend davon.

ZWANGSHEIRAT

Militärattachés müssen, so die einschlägige Bestimmung, verheiratet sein, oder heiraten, bevor sie ihren Auslandsdienst antreten. Dahinter steht die aus traditionellen Vorstellungen stammende Ansicht, ein verheirateter Offizier sei ein weniger lohnendes Ziel für einen ausländischen Geheimdienst als ein lediger – auf den könnte man leichter eine Spionin ansetzen.
Als Oberst des Generalstabes Helge Lerider von Wien nach London wechselte, machte der freiheitliche Verteidigungsminister Friedhelm Frischenschlager für seinen ehemaligen 1. Adjutanten eine Ausnahme: Er ließ für den hartnäckigen „Ehemuffel" Lerider den entsprechenden Heiratserlaß aufheben.
Bei einem Empfang für ausländische Offiziere in Wien erfuhr Oberst Köberl – er war knapp vor Lerider nach Stockholm entsandt worden – von dieser Regelung. Laut seufzend meinte er im Kreis von Damen, darunter die eigene Frau: „Und i Depp hob' no g'heirat!"

FRÜHER ENTSCHLUSS

Brigadier Hugo Kirsch, damals noch Chef des Stabes beim Militärkommando Steiermark, wird allmorgendlich von seinem Fahrer abgeholt, wobei der Soldat stets zackig die rechte Autotüre aufreißt und stramm salutiert.
Der Hausnachbar, ein Zivilist, verfolgt dieses tägliche „Schauspiel" längere Zeit, bis er eines Tages zu seinem militärischen Nachbarn sagt:
„Wenn i no amoi auf d' Welt kum, geh i aa zum Bundesheer."
Oberst Kirsch darauf schmunzelnd: „Sehn S', i war das erste Mal schon so g'scheit!"

TREUE DIENER IHRES HERRN

Zu den kauzigsten Typen in jeder Armee zählen meist die Adjutanten. Sind sie mit ihren Chefs länger auf Gedeih und Verderb zusammengespannt, geht es ihnen wie Hundebesitzern, die oft im fortgeschrittenen Alter ihre Gesichtszüge dem treuen Hunderl anpassen (häufig bei Boxern zu beobachten).
Neben der Gattung totale Anpassung gibt es noch eine zweite Variante: Kommandant und Adjutant treten schon rein äußerlich konträr auf, à la Pat und Patachon.

Drakenstiche

Gott in Uniform

ZUKUNFTSAUSSICHTEN

Großer Empfang im Offizierskasino der Schwarzenbergkaserne; aus Wien angereist Minister Lichal mit seinem Adjutanten, Oberst Schittenhelm. Unter den Gästen befinden sich auch die beiden ehemaligen Adjutanten des früheren Verteidigungsministers Prader (siehe „Roda Rodas Erben", „Der Nachtminister"), die von diesem überaus beansprucht, um nicht zu sagen geschunden wurden.
Lichal zu seinem Adjutanten, indem er auf die beiden Offiziere zeigt (der eine, Korpskommandant in Ruhe Dadak, hat im Krieg einen Arm verloren, der andere, Korpskommandant in Ruhe Maerker, ein hektischer Kettenraucher): „Wannst so lang bei mir Dienst machst wie die beim Prader, schaust auch so aus!"

DIE AUGUREN

Hauptmann Dr. Zeininger war erster Adjutant bei Minister Ferdinand Graf. Im Drang der Amtsgeschäfte, aber auch aufgrund des ständigen Umgangs mit hohen Herren konnte es geschehen, daß besagter Offizier nicht immer den Ton traf, den mancher Oberst oder General von einem Hauptmann erwartet hätte – ein zeitloses Problem aller Adjutanten seit Generationen.
Eines Tages verbreiteten Auguren an der Dominikanerbastei, dem Sitz des alten Verteidigungsministeriums, folgendes Gerücht: „Die Stellung des Verteidigungsministers Graf scheint erschüttert zu sein; sein Adjutant grüßt bereits wieder Oberste!"

TADEL FÜR RETTUNG

Georg Prader war als Oberleutnant im Zweiten Weltkrieg schwer verletzt worden; sein Unterschenkel wurde amputiert und er mußte eine Prothese tragen.

Bei seinem ersten offiziellen Besuch in Salzburg wurde er vom gesamten Stab des damaligen Gruppenkommandos III (jetzt Korpskommando II) erwartet. Pünktlich auf die Minute fuhr die schwarze Ministerlimousine in die Kaserne Siezenheim ein (den Traditionsnamen Schwarzenbergkaserne erhielt sie von Prader erst später); einige Herren des Stabes „rauften" sich um die Türschnalle des Wagens. Prader wollte aussteigen; da passierte etwas, was nicht im Protokoll vorgesehen war: beim Aussteigen brach die Beinprothese des Ministers.
Große Ratlosigkeit; keiner weiß Hilfe. Ein älterer Stabsoffizier stellt die „Kompetenz" für dieses Malheur fest und ruft – da es auf dem Boden der Kaserne passiert ist –: „Kasernenkommandant!" Der stellvertretende Kasernkommandant, ein schon etwas überstandiger älterer Leutnant, eilt herbei und meldet beim Minister: „Ohne besondere Vorkommnisse."
Darauf Prader in seiner jovialen Art: „Oba hean S', Herr Leitnant, das nennan Sie kane besonderen Vorkommnisse, wenn sich der Minister in ihrer Kasern die Prothesn bricht!"
Der Leutnant, der zum Leidwesen einiger hoher Herren aus dem Stabe auch bei dienstlichen Gesprächen gerne in seinen heimatlichen Tiroler Dialekt verfiel, meinte treuherzig: „Herr Minischta, dös han i ban Weggiehn nit g'wißt!"
Darauf Prader: „Ja, Herr Leitnant, was mach ma denn do?" – wohl ahnend, daß ihm kaum einer der hohen Herren, wohl aber der kauzige Leutnant helfen werde.
„Herr Minischta, wenn's sunscht nix isch, dei laß ma z'sammschwoaßn."
Am nächsten Morgen stand der Leutnant beim gefürchteten Adjutanten des Befehlshabers, Major Pribil, der für sein besonders korrektes, ja abgezirkelt gesprochenes Deutsch berühmt war: „Herr Leutnant, wann werden Sie sich endlich eines anständigen Deutsch befleißigen? Eine Ministerprothese wird nicht z'sammgschwoaßt, sondern zusammengeschweißt!"
Der Leutnant verstand die Welt nicht mehr: „Jawohl, Herr

Major, wird zusammengeschweißt!“ Diesem Wort hing er noch kurz nach: „Herr Major, darf i no was sagen?“
„Was haben Sie darauf noch zu sagen, Herr Leutnant“, herrschte ihn der Major an.
Der Leutnant: „Z'helfen habt's euch alle z'samm nit g'wißt, oba daß i anstatt zusammenschweißen, z'sammschwoaßn g'sagt han, des hat euch g'stört!“

KOPFLOS

Nach einer Inspizierung der Garnison Klagenfurt im Hochsommer fuhren Generaltruppeninspektor Fussenegger und sein langjähriger Adjutant Major Attems ins Strandbad am Wörthersee, um sich von der Hitze des Tages zu erfrischen. Als die beiden Herren aus der Kabine kamen, sagte der General zu seinem Adjutanten:
„Jetzt, in der Badehose, kann uns niemand erkennen, und ich brauch' nicht immer zu danken.“ Kurz darauf wurde er von mehreren Badegästen gegrüßt. Darauf meinte sein Adjutant: „Die Badehose macht's nicht aus, Herr General, den Kopf hätte man zu Hause lassen müssen.“

DER ADJUTANT ERLEDIGT ALLES

Der langjährige Kommandant der Sanitätstruppenschule, Oberstarzt Dr. Zinn-Zinnenburg, ließ seinen Adjutanten, den damaligen Hauptmann Steiner (inzwischen Presseoffizier beim Militärkommando Wien), rufen: „Du mußt dich mehr um meinen Kraftfahrer kümmern, der fährt doch heute mit mir mit 120 km/h durch die Stadt. Lasse ihn kommen und belehre ihn, daß er in der Stadt nur 100 km/h fahren darf."

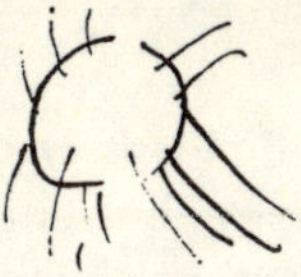

GOLDFASANE

Da bereits der Lack der Jugend ab ist, die Leibesfülle und die Glatze wachsen, setzt man an anderer Stelle an: beim Lametta. Die Herren Stabsoffiziere erkennt man von weitem an ihren goldenen Krägen, silbernen Sternen und breiten Ordensspangen. Sie kommandieren Bataillone, manchmal auch Regimenter, Adjutanten und Stäbe, meist aber zwei Zimmer und eine Sekretärin. Sie lieben das Essen und was noch dazu gehört.

RETTENDE ANTWORT

Zu den wohl urigsten Typen des zweiten Bundesheeres zählte der legendäre Oberstleutnant Stanslitzky. Der alte Kavallerist war schon im ersten Bundesheer, noch als Unteroffizier, Ausbilder des späteren Armeekommandanten General Spannocchi gewesen und genoß beim Grafen daher ein hohes Maß an Narrenfreiheit.
Wieder einmal verlegte die 9. Panzergrenadierbrigade auf den öden Übungsplatz nach Allentsteig. Stanslitzky, dem Alkohol nicht eben abgeneigt und wissend, wie trocken die Abende fernab von Ortschaften im Manöver sein können, nahm als eiserne Reserve in seinem Jeep eine Kiste mit harten Getränken mit.
Als am Ende der Übung der Brigadekommandant, der damalige Oberst Spannocchi, den Jeep von St. benutzte, schepperten bei jeder Unebenheit die vielen Flaschen. Spannocchi, seinen alten Haudegen kennend, fragte den Fahrer bohrend:
„Hat das alles der Oberstleutnant leergetrunken?“
„Nein“, erwiderte der junge Soldat mit unschuldiger Miene, diese Flaschen habe ich alle im Lager gesammelt, da ich für jede einen Schilling Einsatz bekomme.“
Stanslitzky gab seinem Fahrer für diese „rettende“ Antwort drei Tage dienstfrei.

PASSENDE ANTWORT

Oberst Ing. Zejdlik, einer der Männer der ersten Stunde, inspizierte das Feldjägerbataillon 9 in Horn. Er war mit dem Ergebnis nicht zufrieden und knöpfte sich recht lautstark den Kommandanten Major Eduard (Graf) Walderdorff vor. Nun war der Graf ein sehr cholerischer Herr, der sich über die – seiner Ansicht nach unberechtigte – Kritik seines Vorgesetzten dermaßen aufregte, daß er dem ins Auto steigenden Oberst nachrief, er könne ihn . . . .
Der Oberst tat, als habe er nichts gehört, befahl aber am nächsten Tag den Major zu sich ins Brigadekommando

nach Mautern bei Krems. Als Walderdorff sich stramm meldete, blickte der Oberst nur kurz auf, schrieb dann weiter und ließ den Major in Habtachtstellung warten. Nach einer Weile blickte er wieder auf, begann erneut zu schreiben, und so wiederholte sich dieses Spiel. Dem Major kam die Warterei schon wie eine Ewigkeit vor, da schaute ihn Zejdlik plötzlich an und meinte: „Ja, Walderdorff, was ich noch sagen wollte, . . . du mich auch." Damit war er entlassen.

DER ZERSTREUTE OBERST

Oberst St. war ein sehr gewissenhafter und fleißiger Stabsoffizier; aber ein hoffnungslos zerstreuter Mensch. Seine sprichwörtliche Schusseligkeit spielte ihm mehr als einmal einen schlimmen Streich.
Einmal wollte er vom Korpskommando in Graz zu einer Inspektionsfahrt aufbrechen. Er bestieg mit einer vollen Aktentasche den bereitstehenden VW-Bus und lauerte erwartungsvoll auf die Abfahrt. Der Fahrer – er hatte das Fahrzeug nach dem schusseligen Oberst bestiegen – machte jedoch keine Anstalten wegzufahren.
„Fahren wir!" und nach einer kurzen Pause nochmals: „Fahren wir!" Der Fahrer machte aber weiter keine Anstalten, loszufahren. Da meinte der Oberst ärgerlich: „Worauf warten S' denn?"
Darauf der Soldat: „Herr Oberst, ich melde, da müßten wir zuerst einmal die Plätze tauschen."

HUNDEFUTTER

Der schon aus „Roda Rodas Erben" bekannte Gendarmerie-Rittmeister Preissler brachte es in seiner späteren Laufbahn bis zum Oberst und Kommandanten der Fernmeldetruppenschule in Wien. Er galt als sparsamer, ja knausriger und vor allem als besonders mißtrauischer Mensch; unverwechselbar war seine langsame Sprechweise.

Eines Tages schickte er seinen Kanzleischreiber in die Küche, um Fleischabfälle für seinen Hund Ringo zu holen. Der Soldat (indem er die schleppende Sprechweise des Obersten nachahmte) zum Koch: „Du – i – brauch – a – Futter – für – mein – Oberst – sein – Ringo."
Bei dieser Blödelei hatte er allerdings nicht mit dem stets wachen Mißtrauen seines Kommandanten gerechnet. Der war ihm nämlich nachgegangen und hatte mitgehört. Als sich der Schreiber mit dem Hundefutter in der Hand umdrehte, erschrak er gewaltig: sein Oberst stand leibhaftig vor ihm und sagte, jetzt noch langsamer als sonst: „I – red – zwar – langsam – a – ba – da – für – genau: – drei – Ta – ge – Bau!"

REITERGEIST

Herbst 1965. Das Panzergrenadierbataillon 13 in Ried im Innkreis war knapp vorher von Räderfahrzeugen auf die neuen österreichischen Schützenpanzer vom Typ „Saurer" umgerüstet worden. Bei der ersten Übung des Bataillons auf dem Truppenübungsplatz Allentsteig passierte folgendes:
Stolz fuhren der Kommandant Major Roither und der Chef der 1. Kompanie, Hauptmann Grimm, mit dem neuen Schützenpanzer ins Gelände, um die Übung des nächsten Tages zu erkunden. Zuerst ging's flott über trokkene Wiesen, dann kam überraschend ein sumpfiger Bachgrund. Der noch ungeübte Fahrer hielt kurz an. Hauptmann Grimm, im Krieg zuerst Kavallerist, dann bei den Panzern, befahl forsch
„Gas und weiter!"
Kurz darauf versank das eiserne Gefährt im tiefen Morast.
Kommentar Roithers:
„Grimm, dein schneidiger Reitergeist ist zu bewundern, aber heutzutage braucht man auch schon Hirn beim Militär!"

DIE RETOURKUTSCHE

Es war bei einem der ersten Alpinkurse der Militärakademie. Die angehenden Offiziere kehrten gerade verschwitzt und müde von einer langen Tour zur Hütte zurück, als unangesagt der legendäre Alpininspektor, der damalige Oberstleutnant Schönböck, auftauchte. Blitzschnelles Antreten des Kurses, Meldung durch den Kommandanten Major Dr. Amberg. Schönböck, liebevoll „Bockerl" genannt, legte auch im Gebirge großen Wert auf ordentliche Adjustierung. Nachdem er die Meldung entgegengenommen hatte, schnauzte er den Major wegen seiner aufgerollten Hemdsärmel an. Der war nicht maulfaul und erwiderte:
„Herr Oberstleutnant, dann machst du aber z'erscht dein Hosentürl zu!"

DER STREIFENKOPIERER

Eines Tages entschloß sich Oberstleutnant Struckl, ein später Knabe – wie man im Kasinojargon zu alten Junggesellen sagt –, überraschend zu heiraten. Für diesen Schritt mußte er mehrere Dokumente kopieren. Da er nicht haben wollte, daß seine Kameraden vorzeitig von diesem einsamen Entschluß erfuhren, wanderte er persönlich in die Kopierstelle. Dort fragte er den diensthabenden Zugsführer, welchen Kopierapparat er benützen solle, worauf dieser, ohne von der Arbeit aufzublicken, in eine Richtung wies. Der Major geriet jedoch in seinem Eifer an den Aktenwolf und mußte einen Tag lang seine Dokumente aus lauter schmalen Streifen wieder zusammensetzen. Bis zum heutigen Tag – St. ist bereits im Ruhestand – heißt beim Militärkommando Kärnten der Aktenwolf „Struckl-Kopierer".

GRATISBIER

Major Neubauer, privat Schuldirektor in Wels, war ein begeisterter Reserveoffizier. Am Ende einer Waffenübung in Steyr ließ er es sich nicht nehmen, seinen aktiven Offizierskameraden für die liebevolle Betreuung einige Kisten Bier zu spendieren.
In den nächsten Wochen stießen die Steyrer Offiziere recht häufig „auf das Wohl von Major Neubauer“ mit seinem Gratisbier an. Als nach knapp zwei Wochen die Runde wieder nach der „neuen Sorte“ verlangte, meldete die Ordonnanz treuherzig:
„Ich bedaure, meine Herren Offiziere, ab sofort müssen Sie das Bier auf Ihr eigenes Wohl trinken.“
Im Kasino der Trollmannkaserne sank der Bierkonsum sofort wieder auf den jahrelangen Durchschnitt.

DER FREY

Eigentlich muß es im 19. Jahrhundert eine kurze Eiszeit gegeben haben, die dazu geführt hat, daß der junge Frey eingefroren und erst nach 1955 aufgetaut worden ist. Roda Roda hätte dieses Original schon damals nicht erfinden können, ganz zu schweigen von unseren Tagen. Die Höhepunkte seiner Karriere entsprechen auch diesem Bild: Frey war jahrelang Vorsitzender der „fliegenden Stellungskommissionen", die, von Gasthof zu Gasthof ziehend, in Hinterzimmern die Rekruten auf ihre Tauglichkeit für den Wehrdienst prüften, und Leiter der – so die korrekte amtliche Bezeichnung – „Erkennungsmarkenevidenz".

UNGEBRAUCHT

Die Technik war nie eine Stärke des Oberstleutnants. Für ihn hätte es keine Motorisierung geben müssen. Halbherzig, eher dem Trend der Zeit als einem Bedürfnis folgend, schaffte er sich schließlich einen PKW an. Er benützte ihn höchst selten und dann auch nur im unteren Drehzahlbereich.
Als er ihn nach wenigen Jahren wieder verkaufen wollte, pries er das Gefährt per Inserat so an:
„Auto in gutem Zustand, 4. Gang neuwertig!"

DIE RESERVEKERZE

Ähnliches wird vom Kauf eines Schlauchbootes mit Außenborder erzählt. Als Berater nahm Frey sich den Intendanten des Militärkommandos Tirol, Oberst Dr. Schweidl, mit. Mit seiner Hilfe erstand er schließlich Boot und Motor. Der Verkäufer, glücklich, daß sich F. endlich entschieden hatte, wollte besonders vorsorglich sein.
„Darf ich Ihnen noch ein paar Reservekerzen als Geschenk einpacken?"
Frey winkte gönnerhaft ab: „Danke, danke, brauch ich nicht. Fahre nur bei Tag!"

MUSTERUNG

Frey, durch Kriegseinsatz schon etwas schwerhörig, fragte einen Burschen nach seinem Einrückungswunsch: „No, Kerl, was willst du werden?"
„Jäger, Herr Oberstleutnant!"
„Flieger willst du werden? Du bist ja Landwirt. Wirst Jäger!" Beide waren zufrieden.
Zweiter Dialog: „Wann willst du einrücken?"
„Im Juli, Herr Oberstleutnant!"
„Du bist Landwirt, bist wohl zu faul, um deinen Eltern bei der Ernte zu helfen. Rückst im Oktober ein."

DER „BRUNSKY“

Frey, vom Scheitel bis zur Sohle ein echter Konservativer, achtete besonders auf die strikte Einhaltung militärischer Formen. Er überprüfte penibel die Adjustierung seiner Soldaten, ob die Uniformknöpfe blank geputzt waren und Koppel und Schuhe schwarz glänzten. Auch auf eine exakte Meldung legte er größten Wert.
Als einen Tag nach dem überraschenden Wahlsieg der SPÖ im Jahr 1970 ein Leutnant besonders stramm sein „Männchen“ vor dem Oberstleutnant baute, meinte F. mit gebrochener Stimme:
„Laß das, Leutnant, das brauchen wir jetzt alles nicht mehr, wo dieser . . . hm, dieser Brunsky an der Regierung ist!“
P. S. Kreisky scheint diese unterschwellige Angst mancher Offiziere vorausgeahnt zu haben, denn er ernannte sehr bald einen der ihren zum Verteidigungsminister. Kreiskys Begründung zur Ernennung des Brigadiers Freihsler: „Ich wollt' ja nicht haben, daß die Herren Offiziere glauben, jetzt kommen die roten Kohorten!“

DER STAAT STEHT NICHT MEHR LANG

Der Oberstleutnant schaut in Wörgl aus dem Fenster seiner Kanzlei und beobachtet längere Zeit einen Arbeiter der Bundesgebäudeverwaltung. Da tritt ein Unteroffizier ins Zimmer.
„Kamerad“, sagt schneidig der Stabsoffizier, „mich wundert's nicht, daß dieser Staat zugrunde geht. Der Kerl da tut seit zwei Stunden absolut nichts. Ich hab ihm die ganze Zeit zugesehen.“

DER „SCH."

Auch die folgende Geschichte hätte Roda Roda nicht besser erfinden können. Unsere hat einen weiteren Vorteil: Sie ist wahr und spielt im Bundesheer der siebziger Jahre.

ORDNUNG MUSS SEIN

Oberstleutnant Sch., ein äußerst höflicher, gebildeter und überaus belesener Mann, hatte im Laufe der Jahre sehr profilierte Ansichten zu verschiedenen Aspekten des Lebens entwickelt.
Er hielt zum Beispiel viel auf Ordnung und Disziplin, indem er etwa vor Dienstbeginn seine Schreibgeräte einer „Standeskontrolle" unterzog. Dazu stellte er sämtliche Bleistifte, Filzstifte und Kugelschreiber senkrecht auf die Schreibtischplatte; dann schlug er mit der Faust auf den Tisch. Diejenigen Schreibutensilien, die dabei umfielen, hatten die „Standeskontrolle" nicht bestanden und wurden „strafweise" für den Rest des Tages in die Schreibtischlade gesperrt.

UNGEHORSAM

Eines Tages fuhr Sch. mit dem Dienstrad durch die Kaserne und kam, vermutlich aus Unachtsamkeit, nahe der Torwache zu Sturz. Mit den Worten: „Das Pferd hat den Reiter abgeworfen und wird deshalb eingesperrt", lieferte er seinen Drahtesel beim Wachkommandanten ab und ließ sein Rad wegen „Ungehorsam" drei Tage in eine frei stehende Haftzelle sperren.

DIE MELDUNG

Ein anderes Mal fuhr Sch., damals noch Major, mit seiner Einheit zum Schießen nach Bruck an der Leitha. Vor Schwadorf erspähte er in einem Gehege einen stattlichen Esel. Handzeichen – rechts ran und halt. Die Soldaten mußten absitzen und wurden vor dem Gehege vergattert. Major Sch. meldete nun dem Grautier mit den Worten: „Herr General, Major Sch. meldet zwei Offiziere, zwölf Unteroffiziere, 86 Mann mit sechs Kraftfahrzeugen beim Marsch zum Schießen nach Bruck an der Leitha!“ Sprach's, ließ aufsitzen, und die unterbrochene Fahrt ging weiter.

Bei der später von ihm verlangten Rechtfertigung sagte er zu seinem Vorgesetzten: „Was glauben Sie, vor welchen Eseln ich schon gemeldet habe.“

DER RUHE- ODER „NACHAKTIVSTAND“

Ob Monarchie, Erste Republik oder zweites Bundesheer – für alle Offiziere und Unteroffiziere kam einmal der Tag, an dem sie in Pension gehen mußten.
War es noch zu Kaiser Franz Josephs Zeiten möglich, mit List und Sturheit diese Klippe zu umschiffen (man lese die einschlägigen Erlebnisse von Exzellenz Galgotzy), schlägt nun unerbittlich das „Fallbeil“ des amtlichen Pensionsalters zu.
Da beim Militär jeder Schritt – von der Wiege bis zur Bahre – mit Erlaß, Zahl und Verteiler geregelt werden muß, geschah dies auch für das Tragen der Uniform im „Nachaktivstand“: „Ein pensionierter Offizier oder Unteroffizier darf bis zur Vollendung des 65. Lebensjahres zu bestimmten Anlässen die Uniform tragen, danach nicht mehr.“

NOTLÜGE

Der Leiter der Kasernverwaltung der „Resi“-Kaserne (so wird im Soldatenjargon liebevoll die Maria-Theresien-Kaserne, die ehemals reichsdeutsche Fasangartenkaserne, genannt), also dieser verwaltende Leiter der Kaserne (der Titel allein signalisiert den endgültigen Abstieg des Heeres zu einem Instrument der Bürokratie) führte mit dem ihm zugeteilten Unteroffizier eine „Zimmerbelegungsbegehung“ durch. Die zwei schauen sich die Zimmer an. Dabei fällt dem Oberst auf, daß auf der Tür eines „Heimschläfer-

Die Bremser

Halbes Vergnügen

zimmers“ (ebenfalls ein Begriff aus dem Militärbürokratendeutsch: einem Zimmer also, in dem zwar Betten stehen, aber niemand schläft, da man vorzieht, zu Hause zu schlafen) der Name: Oberst A. steht.
Dieser Oberst, so erinnert sich der „kasernleitende“ Offizier urplötzlich, ist doch schon seit einigen Monaten im Ruhestand.
„Das Schild ist zu entfernen, der Oberst A. ist schon in Pension!“
„Pensioniert schon“, meint zögernd der Unteroffizier, „aber der Herr Oberst kommt nach wie vor jeden Tag, zieht die Uniform an und geht dann weg.“
„Wohin geht er?“ fragt kopfschüttelnd der Gleichrangige, dem allerdings bis zur eigenen Pensionierung doch noch ein paar Jahre fehlen, „er ist doch, Teufel noch einmal, ohnedies bis zum letztmöglichen Tag geblieben, den das Pensionsgesetz zuläßt.“
„Ach, der Herr Oberst“, erzählt der UO, „nimmt immer den Bus, fährt in die Stadt und geht dort spazieren, manchmal in ein Museum oder in die Nationalbibliothek.“
Der Oberst schüttelt den Kopf; obwohl: das mit der Nationalbibliothek versteht er noch am ehesten, war doch sein Kamerad ein für einen Offizier ungemein belesener Mann.
Der Unteroffizier setzt unaufgefordert fort:
„Der Herr Oberst erscheint pünktlich zu Dienstschluß aus der Stadt, putzt seine Uniform und die Schuhe fein säuberlich, und verwahrt sie dann in seinem Spind im Heimschläferzimmer.“
„Um Himmels willen, warum tut er das?“
Der Unteroffizier atmet tief durch, hebt und senkt die Schultern, um sein Verständnis für den bereits in der Aktivzeit bekannt schrulligen Oberst zu signalisieren, und sagt dann seufzend:
„Ja, der Herr Oberst hat sich noch nicht getraut, seiner Frau zu sagen, daß er in Pension gehen mußte. So geht er eben, um kein Mißtrauen zu erwecken, täglich zur selben Zeit zum ‚Dienst‘ und kommt ebenso pünktlich wie auch früher vom ‚Dienst‘ zurück.“

GEWISSENSKONFLIKT

Kaum war der Ruhestandserlaß verlautbart, meinte der knapp vor seiner Pensionierung stehende Oberst G. beim Korpskommando in Graz – nebenbei bemerkt, ein sehr befehlstreuer Offizier, der den Erlässen buchstabengetreu folgte –: dieser Erlaß stürze ihn in einen Gewissenskonflikt, da er, wenn es einmal so weit sei, in Uniform begraben werden wolle. Er konnte mit der Erklärung beruhigt werden, daß der Erlaß im Sarg nicht mehr gelte.

AUCH NICHT IM GRAB

Der bisher letzte in der langen Reihe von Artillerieinspektoren, Brigadier Willi Wurzer, ging, im 65. Lebensjahr stehend, mit Ende des Jahres 1987 in Pension. Obwohl er bereits rechtzeitig alle seine Klamotten abgegeben hatte, tauchte er wenige Tage vor dem 31. Dezember noch einmal bei seinem Bekleidungsunteroffizier auf, um sein grünes Barett abzugeben.
Auf den Hinweis des Vizeleutnants, es stehe ihm zu, diese Kopfbedeckung im Ruhestand zu behalten, meinte Wurzer unwirsch:
„Wenn ich gestorben bin, setzt mir womöglich noch einer das Pullmannkappl, das ich nie leiden konnte, im Sarg auf. Darum geb' ich's sicherheitshalber zurück."

SPÄTE RACHE

Im Dezember 1988 beklagte sich ein pensionierter General im Verteidigungsministerium bei einem seiner ehemaligen Untergebenen, inzwischen selbst ein hohes Tier, über die Kleiderordnung für Ruheständler. Er sei zu einer Weihnachtsfeier einer illustren Vereinigung geladen und man erwarte, daß er dort in Uniform erscheine. Ob es nicht für diesen speziellen Fall eine Ausnahme gäbe?

Der Angesprochene antwortete kühl: „Mein verehrter Herr General! Den Erlaß, der das Tragen der Uniform nach dem 65. Geburtstag verbietet, hast du seinerzeit selbst verfaßt, weil ihr verschnupft ward, daß euch die pensionierten Generäle mit ihren roten Hosen (gemeint sind die Generalslampassen) die Schau gestohlen haben."
Um nach einer kurzen Pause nachzusetzen:
„Jetzt gilt er auch für dich!"

EIN GRUND FÜR DIE PENSION

Oberst Karl Gabriel, Kommandant des traditionsreichen Landwehrregiments 21 – die legitimen Nachfahren der einstigen „Hoch- und Deutschmeister Nr. 4" –, war Soldat mit Leib und Seele, groß gewachsen, dienstfordernd, polternd und trinkfest.
Überraschend ging er wenige Monate, nachdem er das sechzigste Lebensjahr vollendet hatte, in Pension. Kurze Zeit vorher hatte der damalige Armeekommandant Ernest Bernadiner, ein ehemaliger Leistungssportler, per Erlaß

den Alkoholkonsum im Bundesheer strikt verboten. Selbst ein lächerliches Glas Bier zum Mittagstisch war plötzlich strengstens untersagt. Sogar bei hochoffiziellen Feiern gab es nur Fanta, Coca-Cola, Apfelsaft und Mineralwasser.
Traf ein gleichaltriger Jahrgangskamerad, der noch aktiv war, Gabriel in Zivil auf der Straße:
„Warum bist du schon in Pension gegangen? Du hättest ja noch fünf Jahre aktiv sein können!“
Gabriels trockene Antwort:
„Ich lehne es ab, weiterhin in einer ‚Fanta-Armee‘ zu dienen!“

GRÜSSEN ÜBERFLÜSSIG

Als der langjährige Stabschef des Militärkommandos Oberösterreich, Oberst des Generalstabes Erhard Schink, überraschend bei einem Treffen alter und junger Artilleristen in Linz auftauchte, wurde er von einem der anwesenden aktiven Offiziere besonders herzlich begrüßt.
Schink erwiderte trocken: „Jetzt brauchst nicht mehr freundlich zu mir sein – ich bin schon in Pension!“

FLIEGER, FAHRER UND SPRINGER

Seit hierzulande der „Draken"-„Nachbrenner" zum „Dauerbrenner" wurde, vergißt der Österreicher, daß wir mit der „Taube" von Igo Etrich für die Militäraviatik weit früher etwas geleistet haben als die Schweden mit dem „Draken". Mit Gottfried von Banfield, dem „Adler von Triest", wurde 1988 der letzte Zeuge einer stolzen Vergangenheit von Aeronauten zu Grabe getragen, die nun nur mehr auf Kaserninschriften weiterlebt. Doch auch die Enkelkinder dieses verwegenen Völkchens von Ballonfahrern, Luftschiffern, Bombenwerfern und Feldpiloten sind nicht ohne Schneid.

FENSTER AUF

Ein glühendheißer Sommertag. Im Fliegerhorst Langenlebarn im Tullnerfeld ist wieder einmal großes Remmidemmi. Flugtag nennt sich das; dem staunenden Publikum wird gezeigt, was man um sein Steuergeld angeschafft hat. Abschluß und Höhepunkt dieser Vorführungen bildet auch diesmal ein „Angriffsflug" einiger Jagdbomber vom Typ SAAB 105, so tief wie möglich über die Köpfe der Zuschauer hinweg. Klar, daß dafür der Luftraum über dem Platz für einige Minuten gesperrt wird; alle anderen Flugzeuge müssen Warterunden drehen.

Dies sollte eigentlich auch eine L-19-Besatzung wissen, die mit ihrem kleinen Propellerflugzeug langsam, aber unbeirrt den Flugplatz Langenlebarn anfliegt.

Nun, der Tag ist heiß, der Flug war lang, und ein kühles Getränk im Kasino lockt. Außerdem ist man ja nicht irgendwer, sondern ein fideles Duo älterer Stabsoffiziere, und man kann sich nicht um Detailfragen kümmern. Im Raum Neulengbach wird der Tullner Kontrollturm zum ersten Mal gerufen:

„Tulln Tower, Grüß Gott, this is 3ABL for landing instructions."

Der Turm antwortet: „Bravo Lima, Grüß Gott, you have to wait over Neulengbach, I will call you in."

Ist es die für ältere Semester noch immer etwas ungewohnte englische Sprache oder schlicht und einfach der Stalltrieb?

Die zwei fliegen unbeirrt weiter.

Die Stimme des Flugverkehrsleiters wird drängend: „3ABL, Sie können jetzt nicht einfliegen, wir haben Jabo-Angriffe am Platz, warten Sie über Neulengbach!"

Nun, das ist deutlich genug. Die beiden ehrwürdigen Aeronauten sehen das große Kühle im Kasino wieder einige Minuten weiter entfernt.

Da kann es schon geschehen, daß man vergißt, vom Funksprechverkehr auf die Bordsprechanlage umzuschalten, wenn man den Stoßseufzer ausstößt:

„Du, da herin ist's heut' aber ganz schön heiß!"

Plötzlich hört man die Stimme eines SAAB-Düsenpiloten, der unter der Sauerstoffmaske hervorquetscht: „Oba Vatterl, moch da hoit 's Fensterl auf!“

„SERVUS DU!“

Gottfried von Banfield hatte sich im Ersten Weltkrieg als erfolgreichster Marineflieger einen Namen gemacht und die begehrteste Auszeichnung, den Maria-Theresien-Orden, erhalten. Nach dem Zerfall der Habsburgermonarchie ließ er sich in Triest nieder und wurde ein bedeutender Reeder und Bergeunternehmer.
1984 stellte er seine Lebenserinnerungen vor, die, wie könnte es anders sein, den Titel „Der Adler von Triest“ haben. Das Buch wurde in einem vornehmen Palais in der Wiener Innenstadt vorgestellt. Eine große Zahl von Offizieren, mit der Fliegerei mehr oder weniger verbunden, war anwesend.
Die Herren, meist höhere Dienstgrade, stellten sich nach der Präsentation, jeder mit seinem neuerworbenen Buch, in einer langen Reihe zur Signierung an. Da sie allesamt Zivil trugen, waren die Dienstgrade nicht festzustellen. Die Zugehörigkeit zu den verschiedenen Waffengattungen konnte man nur anhand von diversen Anstecknadeln, Manschettenknöpfen und Krawatten erahnen.
Baron Banfield wechselte im Sitzen mit jedem ein paar höfliche Worte, bis der einzige Uniformträger im Saal, der Artillerieoberleutnant Josef Mötz an die Reihe kam. Als dieser die Hacken zusammenschlug und sich als Oberleutnant und Batteriekommandant vorstellte, erhob sich plötzlich der 94jährige Banfield. Er reichte dem Oberleutnant als einzigem die Hand und sagte, indem er das alte Offiziers-Du verwendete, mit leuchtenden Augen: „Servus, es freut mich sehr, dich kennenzulernen!“ Im Saal wurde es still. Die hohen Herren hatten sehr wohl mitbekommen, was der alte Herr mit seiner Geste sagen wollte.

LUFTBILD

Die Fallschirmspringerei des Bundesheeres ist untrennbar mit einem Namen verbunden: Oberst Wolfgang Pflegerl. Von den ersten Anfängen an – als seine neue Truppe noch recht belächelt wurde – war der umtriebige Offizier mit den hellgrünen Aufschlägen der einstigen Feldjäger unterwegs, um an allen Ecken und Enden für seinen „Haufen" zu werben. Er war aber nicht nur ein erfolgreicher Propagandist, sondern selbst begeisterter Springer und Hobbyphotograph.
Beim Sprungtraining in Tirol – es herrschten sehr böige Windverhältnisse – blieb der Hauptlehroffizier für Fallschirmspringen höchstpersönlich mit seinem Gurtenzeug an einem Haken der Absetzmaschine hängen. Die Situation war nicht ungefährlich, und die in der Maschine befindlichen Sprunglehrer begannen sofort mit der Bergung ihres Chefs. Das ganze sah aus wie ein Stunt aus einer amerikanischen Krimiserie à la Kojak oder „Die Straßen von San Francisco".
Als sie Pflegerl endlich mit dem Greifzeug in die Maschine gezogen hatten, war die erste Frage des Offiziers:
„Habt's mi a photographiert?"

NORD-SÜD-KONFLIKT

Aus der Weltpolitik ist er geläufig, der Nord-Süd-Konflikt. Daß es ihn aber auch innerhalb des Bundesheeres gibt, mag unsere Leser überraschen.
Am Ende der Fliegerausbildung in Zeltweg wurden die jungen „Adler" von ihren künftigen Chefs persönlich abgeholt. Das bot nicht nur Gelegenheit, die frisch gebakkenen Piloten kennen zu lernen; auch konnte man sich mit den Lehrern ausführlich über Stärken und Schwächen unterhalten. Bei einem seiner Schüler rang der Ausbildungsleiter um die richtigen Worte, um ihn dem neuen Vorgesetzten schmackhaft zu machen, war er doch das, was man landläufig als „Früchtchen" bezeichnet. Endlich

hatte der Major, nach mehreren „aah“ und „äh“, die richtigen Worte gefunden: „Also – fliegerisch ist er ja ein As, aber – menschlich ist er a biß’l a Wiener!“

MILITÄRISCHES GEHEIMNIS

Hauptmann Schmid geht an einer Behelfswerkstätte des Fliegerhorstes Zeltweg vorbei. Drinnen liegt auf einer Werkbank ein Gegenstand, der seine Aufmerksamkeit erregt. Auf den ersten Blick sieht der Gegenstand wie eine große Blumenvase aus – es ist das ausgebaute Radar des Draken. Daneben liegen technische Zeichnungen. Der Hauptmann meldet umgehend dem vorgesetzten Kommando, daß in den Werkstätten die Geheimhaltung gröblichst verletzt wird.
Als Schmid einige Tage später wieder an der Werkstätte vorbeikommt, liegt drinnen alles wie vorher, nur an der Fensterscheibe klebt ein Zettel, auf dem steht: „Hineinsehen verboten. Der Kommandant der Instandsetzungsgruppe.“

DANK AN VORARLBERG

1962, noch in den Anfängen der heimischen Armada, flog Leutnant Strohmeier (heute Oberst und wohlbestallter Kommandant eines Fliegerregiments) mit seinem Flugschüler Leutnant W. im Hubschrauber nach Amstetten und zurück. Eine halbe Stunde nach Abflug vom Flugplatz Langenlebarn meldete der Pilotenaspirant, er müsse dringend ... Strohmeier gab dem jüngeren Kameraden zu verstehen, das sei nur vor oder nach dem Flug möglich. Nach einer Weile meldete Leutnant W. verzagt, er halte wirklich nicht mehr länger durch. Also übernahm der Fluglehrer das Steuer, sein Schüler öffnete die Tür des Hubschraubers einen Spalt – es ging sich aber nicht aus. Kurz entschlossen riß W. jenen Teil der Landkarte ab, auf dem Vorarlberg drauf war, murmelte, er komme ohnedies nicht so schnell dorthin, und drehte ein Papierröhrl ...
Den Rest überlassen wir Ihrer Phantasie.

NÄCHTLICHES ABENTEUER

Spitze ist das Bundesheer bei den Fallschirmspringern; vor allem die Berufssoldaten haben viele internationale Bewerbe gewonnen. Doch bei der Ausbildung der Sprungschüler passiert gelegentlich auch etwas Spaßiges.
Bei der Heeressport- und Nahkampfschule am Flugplatz in Wiener Neustadt war Nachtspringen angesetzt. Anfangs klappte alles wie am Schnürchen, bis überraschend ein ziemlich böiger Seitenwind aufkam. Es waren gerade mehrere Springer in der Luft; sie wurden stark abgetrieben. Vier landeten gerade noch am äußersten Pistenrand, einen trieb es jedoch in den angrenzenden Föhrenwald, wo er in die Baumwipfel krachte. Da hing er nun in den Bäumen und pendelte leise hin und her. Gellend schrie er mehrmals um Hilfe. Als der sofort losstürmende Suchtrupp den hängengebliebenen Kameraden nach einiger Zeit fand, mußten die Helfer schallend lachen: Da hing eine Gestalt

im Scheinwerferlicht an einem Fallschirm, rief um Hilfe und baumelte mit den Füßen *dreißig* Zentimeter über dem Boden . . .

P. S. In der Aufregung hatte der „Jungspringer“ nämlich eine Grundregel der Springerausbildung vergessen. Sie besagt, daß man in einem solchen Fall einen Ausrüstungsgegenstand fallen lassen soll, um dadurch die Höhe, in der man hängt, abschätzen zu können.

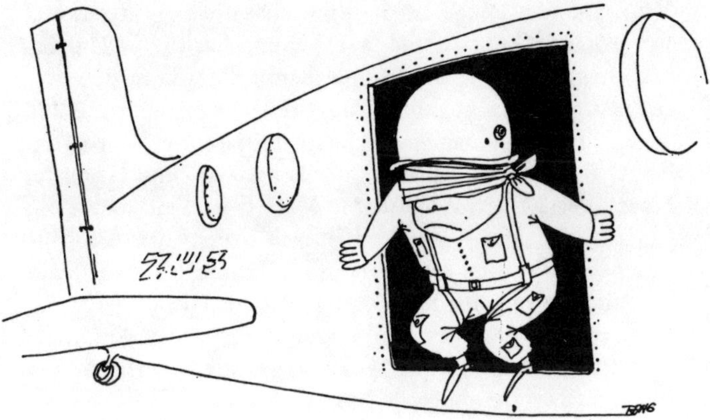

OHNE VERPACKUNG

Zur „Armada" der heimischen Luftstreitkräfte zählen auch zwei Transportflugzeuge des Typs „Skyvan".
Zuerst ein Versuch, denjenigen unter unseren Lesern, die noch nie das Vergnügen hatten, diese Vögel im Flug oder gar am Boden beäugen zu können, die ausgefeilte Linienführung und Grazie zu beschreiben, die diese beiden „lahmen Enten" einigermaßen vorstellbar charakterisieren. Nun, auf den ersten Blick provozieren sie Assoziationen an profane Gegenstände wie Schuhschachteln, Sautröge und Lego-Modelle aus Kinderhand. Die Transportflugzeugstaffel in Langenlebarn trägt seit Jahren derartige Vergleiche und entsprechende Anspielungen mit Würde und fliegt mit diesen äußerst zuverlässigen und robusten Maschinen sogar ins Ausland. Auch dort weiß man „Elegance" zu schätzen und verhält sich dementsprechend.
Eines Tages mußte eine Skyvan in Hamburg auf die Startfreigabe warten, dicht gefolgt von einem Jumbo-Jet. Ein größerer Kontrast ist wohl kaum vorstellbar. Plötzlich drückte der Kapitän des Riesenvogels die Sprechtaste und rief im unverkennbaren Idiom unserer nordwestlichen Nachbarn:
„Menschenskinder, nehmt doch um Himmels willen die Verpackung von der Kiste, bevor ihr fliegen geht!"

WUNDERHEILER UND VIECHDOKTA

Da die Autoren schön langsam in ein Alter kommen, wo pfleglicher Umgang mit den uniformierten Jüngern des Hippokrates angebracht scheint, verzichten wir an dieser Stelle auf ein Bündel bissiger Bemerkungen und lassen die uns erzählten Begebenheiten für sich sprechen.

DR. K.

Den Lesern von „Roda Rodas Erben“ ist er ja schon vertraut, unserem neuen Publikum müssen wir ihn erst vorstellen: Oberstarzt Dr. K. hatte erst im reifen Mannesalter Medizin studiert. Er war ein herzensguter Mensch; seine „ärztlichen Taten“ aber waren Gesprächsstoff im Bundesheer. Als ihm einmal ein stark blutender Verletzter angeliefert wurde, schlug er die Hände zusammen und rief verzweifelt aus: „Schnell, einen Arzt!“

DIE NATURHEILMETHODE

Bei einem Alpinkurs auf dem Übungsplatz Dachstein-Oberfeld fügte sich der Doktor eine Schnittwunde zu. Das nahm er zum Anlaß, um bei einem anschließenden „Erste-Hilfe-Unterricht“ zu demonstrieren, daß die bloße Sonnenbestrahlung den Heilungsprozeß einer Wunde wesentlich beschleunige. Zur Demonstration hielt er den Finger – ohne Verband – eine Stunde in die Sonne. Nach einigen Tagen war der Zeigefinger so angeschwollen, daß K., um das Fingerglied nicht zu riskieren, einen Arzt im Tal aufsuchen mußte. Vermutlich war Schmutz in die Wunde gekommen.

PRÜFUNG BESTANDEN

In der Krankenabteilung der Rhombergkaserne in Lochau bei Bregenz diente 1987 ein frisch promovierter Arzt, der wie seine jüngeren Kameraden den Grundwehrdienst abzuleisten hatte. Eines Tages erhielt er den Auftrag, bei Jungmännern einen Erste-Hilfe-Kurs durchzuführen. Um seinen Kameraden die Angst vor der ungewohnten Materie zu nehmen, begann er den Vortrag mit folgenden Worten:
„Der Erste-Hilfe-Kurs wird in fünf Doppelstunden abgehalten. Am Ende wird das Ergebnis mit einem kleinen Test

überprüft. Ihr braucht keine Angst zu haben, der Test ist sehr leicht."
Kurze Pause. Dann mit ernster Miene:
„Kürzlich habe ich denselben Unterricht samt Test mit den Offizieren des Militärkommandos durchgeführt, und sogar die sind alle durchgekommen!"

AUSZEICHNUNG

Bundespräsident Adolf Schärf, kaiserlicher Oberleutnant im Ersten Weltkrieg und Träger des Signum laudis, einer der höchsten Tapferkeitsauszeichnungen der Monarchie, besucht das „Heilige Land" Tirol; dabei interessiert ihn auch die Praxis bei der Musterung der Soldaten. Im Untersuchungszimmer der Innsbrucker Klosterkaserne sehen sich urplötzlich zwei Tiroler Burschen splitternackt ihrem künftigen Oberbefehlshaber gegenüber. Keusch bedecken sie mit den Händen ihre Blöße und stehen, selbst nachdem Schärf bereits das Zimmer wieder verlassen hat, ganz verdattert da. „Seid's stolz", beruhigt sie Majorarzt Dr. Riemer: „Ös seid's die oanzigen zwoa Tirola, die da Bundespräsident nockert g'segn hat."

VERSCHIEDENE BLICKWINKEL

Bei den ersten Einsätzen für die Vereinten Nationen kam das Bundesheer nur mit unbewaffneten Sanitätern zum Einsatz, so auch auf der Mittelmeerinsel Zypern. Nach einem Besuch des österreichischen Feldspitals, dessen Arbeit seine volle Anerkennung fand, suchte General Fussenegger das örtliche Museum auf. „Fu", ein begeisterter Hobbyarchäologe, betrachtete mit Freude die Marmorstatue eines athletischen Jünglings. Bewundernd meinte er zu dem ihn begleitenden Oberstarzt Dr. Rendt:
„No, Doktor, was sagst du dazu?"
Der nüchterne Kommentar des Arztes:
„Eine Phimose (Vorhautverengung) hat er halt."

IMPFTAKTIK

Im Jahr 1982 wurde an der Militärakademie in Wiener Neustadt eine Zeckenschutzimpfung durchgeführt. Da die Föhrenwälder um Wiener Neustadt, in denen die Akademie häufig übt, besonders stark zeckenverseucht sind, waren die Militärakademiker fast vollständig vor dem Krankenrevier, dem „Heiligtum" des Oberstarztes Dr. Schmatelka, angetreten. „Schma", wie er liebevoll von Generationen von Militärakademikern genannt wurde, hatte eine zeitsparende Impftaktik entwickelt, die so ablief: Nachdem er die Nadel in das erste Gesäß gestochen hatte, drehte sich der Doktor um, bereitete die nächste Spritze vor, machte wiederum kehrt, um diese dem nächsten Patienten „hineinzujagen". Also:
A – Hose rauf – einen Schritt weiter, B einen Schritt vor – Hose runter – . . . so kam ein Militärakademiker nach dem anderen „unter die Nadel", beinahe im Laufschritt. Das System funktionierte klaglos, bis der Fähnrich Wunsch an der Reihe war. Dieser hatte Schwierigkeiten, nach dem Einstich die Hose rasch genug hinaufzuziehen und wegzutreten. Der Doktor, das „Fließbandtempo" schon gewöhnt, verabreichte dem noch immer vor ihm stehenden Fähnrich Wunsch eine zweite Spritze. Der protestierte lauthals. Schmatelka schnauzte den doppelt Gestochenen an und befahl ihm, die zweite Spritze selbst zu bezahlen, da jedem Militärakademiker nur *eine* Injektion zustehe.
P. S. Das Bezahlen der Spritze hätte den Fähnrich weniger gestört als sein arg geschwollener Hintern, der ihm einige Tage ordentlich weh tat.

UNZUSTÄNDIG

Wer liebt es schon als Kommandant, wenn sich ein Unzuständiger einmischt? Der Kommandant der Tragtierkompanie in Saalfelden und spätere Brigadierveterinär Dr. Albrecht konnte es auf den Tod nicht leiden, wenn Kompaniefremde ohne seine Zustimmung den Stall der Tragtiere betraten. Eines Tages – die Kompanie war gerade zur Standeskontrolle angetreten – bemerkte der Tierarzt eine uniformierte Gestalt, die aus dem Pferdestall kam. Bei näherem Hinsehen erkannte er den als ein bisserl eigenartig geltenden Oberst K. vom vorgesetzten Gruppenkommando.

Als der Oberst seinerseits den Veterinär sah, rief er ihm schon von weitem zu: „Du Albrecht, im Stall hustet ein Haflinger." Der Tierarzt zornig: „Das ist unser Raucher, Herr Oberst!"

DER HUND DES MINISTERS

Georg „Schurl" Prader liebte nicht nur Wein und Gesang – das wußten viele –, er hing auch sehr an seinem Hund, einem Boxer mit Namen Chico. Dieser Umstand, da im Heer kaum bekannt, führte zum folgenden Mißverständnis:

Im vormaligen Gruppenkommando I in der Hütteldorfer Straße saßen die Offiziere des Stabes, wie so oft nach dem Mittagessen, noch beim Kaffee beisammen.

Plötzlich sprang der Tierarzt, Oberstveterinär Dr. Albrecht, der auch den Hund des Ministers betreute, wie von der Tarantel gestochen auf und rief:

„Jessas, i muaß zum Minister, der Hund is krank."

Der anwesende Militärpfarrer, der diesen Zusammenhang nicht kannte, stammelte entsetzt:

„Aber, aber, Herr Doktor! So kann man doch nicht seinen obersten Chef titulieren."

KURATEN UND DEKANE

Sind die Herren „Bader" für die körperliche Wohlfahrt der Soldaten zuständig und haben für ein gesundes Seelenquartier zu sorgen, so sind für die Pflege des Inhalts die Kuraten und Dekane verantwortlich. Da sie selten im Priestergewand, umso mehr aber in Uniform auftreten, verpaßte ihnen der Soldatenjargon den Beinamen „Kommißchristus".

ABSTAMMUNG

Während eines Manövers im Raum Kufstein besuchte der evangelische Militärpfarrer der Reserve Sakrausky, Sohn des damaligen evangelischen Superintendenten (vergleichbar einem katholischen Bischof), den Gefechtsstand des Kärntner Jägerbataillons 26 aus Spittal an der Drau. Er unterhielt sich dort angeregt mit den Soldaten, was einen Offizier zu der Bemerkung veranlaßte, es sei eigentlich sehr nett, daß der Sohn des Bischofs persönlich die Kärntner besuche. Darauf ein Soldat leise zu einem anderen: „Ob das auch der Papst weiß, daß der Capellari (Bischof Capellari ist katholischer Bischof in Kärnten) einen Sohn hat?"

DER LEBENSKUNDEUNTERRICHT

Es passierte im Jahr 1967 bei der 3. Pionierkompanie des Ausbildungsregiments 2 in der Tegetthoffkaserne in Klosterneuburg, damals noch „Marinekaserne". Vizeleutnant Gampel, der Spieß der Kompanie, sah den evangelischen Militärdekan May vorfahren. Blitzartig fiel ihm ein, daß ja für heute der sogenannte lebenskundliche Unterricht für die evangelischen Soldaten angesetzt war, die Kompanie aber zur Ausbildung bereits in aller Herrgottsfrüh ausgerückt war.
Bekanntlich macht Not erfinderisch. Der Vizeleutnant empfing leutselig den Militärgeistlichen, bot ihm eine Schale Kaffee an. Während der Dekan seinen Kaffee trank, fing der Vizeleutnant seine Innendienstkranken zusammen, scheuchte sie in den Lehrsaal und befahl ihnen, den Unterricht des evangelischen Dekans über sich ergehen zu lassen und kein Wort zu sagen, daß sie eigentlich katholisch seien.
Nach dem Unterricht bedankte sich der Militärgeistliche beim Vizeleutnant, daß die Soldaten so diszipliniert zugehört hätten.

KIRCHLICH UND WELTLICH

Auf dem Truppenübungsplatz Walchen-Lizum wurde von Soldaten unter großem persönlichen Einsatz des damaligen Brigadepfarrers Albuin Jordan eine wunderschön in die Gebirgslandschaft passende Kirche erbaut.
Als kurz darauf der Infanterieinspektor in die Lizum kam, wurde ihm natürlich auch die Militärkirche gezeigt. Ein halbes Jahr später, die Kirche war längst geweiht, hatte der Brigadier wieder dienstlich in der Lizum zu tun. Dabei erzählte ihm der Geistliche, vor zwei Tagen sei für die Kirche ein wichtiges Ereignis eingetreten. Auf die erstaunte Frage, was es noch Bemerkenswertes geben könnte, nachdem die Kirche vollendet und geweiht sei, meinte Jordan schlicht: „Die Baubewilligung ist eingelangt."

GLAUBENSFRAGE

Es passierte ungefähr um 1960 bei einer Jägerkompanie in Zeltweg. Auf dem Dienstplan stand: Unterricht über Kriegsvölkerrecht und die Genfer Konvention durch Kompaniekommandant.
Hauptmann H. ließ seinen Leutnant rufen und sagte: „Du Walter, du weißt ja, daß ich nicht zur Kirche gehe, von den Religionen verstehst du mehr wie ich. Den Unterricht über die Genfer Konvention mußt du halten."

GOTTES EINGABE

Fest des hl. Georg, des Namenspatrons der Bischofskirche des Bundesheeres in der Militärakademie in Wiener Neustadt. Der oberste Militärgeistliche, Provikar Innerhofer, stellte natürlich den Heiligen in den Mittelpunkt seiner Predigt. Dabei kam er zum überraschenden Schluß: „Ob der Heilige St. Georg gelebt hat, wissen wir nicht, aber wir wissen, daß er ein Heiliger war!"

HALBGÖTTER

Da der Weg an die Spitze der militärischen Hierarchie, dort wo die „Götter“ wohnen, weit ist, gibt es dazwischen viele „Halbgötter“. Während der einfache Soldat höchst selten die „Großen“ vors Visier bekommt, muß er sich täglich mit den „Gernegroßen“ herumschlagen.

DER MARSCH-TRICK

Oberst „Poldi" Aigner, quirliger und nimmermüder Pressebetreuer, war schon als junger Leutnant ein Schlitzohr. Meist bemühte er seine Bauernschläue, um sich, aber auch seinen Schutzbefohlenen, die körperlichen Mühen des Dienstes zu erleichtern.
1962 war „A-I" – so das landesweit bekannte Kürzel für Aigner – Zugskommandant bei der Maturantenkompanie in St. Pölten. Eines Tages stand ein längerer Fußmarsch mit voller Rüstung auf dem Dienstplan. Zum Erstaunen des Kompaniekommandanten, Hauptmann Schirmbrand, legte der Zug des Leutnant Aigner die Marschroute am schnellsten zurück und erreichte als erster der drei Jägerzüge schon am frühen Nachmittag wieder die Kaserne. Das war umso verwunderlicher, da Aigner – wie eben beschrieben – bei seinem Hauptmann als bequemer Mensch galt. Die Bewunderung Schirmbrands über die hervorragende Marschleistung des Zuges hielt auch nur bis zum nächsten Vormittag. Da kurvte plötzlich ein gelber Postautobus in den Kasernenhof, und der Fahrer brachte das Maschinengewehr 42 zurück, das der Zug Aigners am Vortag im Bus liegen gelassen hatte.

DER „ZAPFENWICHSER"

Im Jahr 1969 diente Oberleutnant Peter Niedermaier (er hat inzwischen den Beruf gewechselt und ist erfolgreicher Manager geworden) beim Versorgungsregiment 1 in Zwölfaxing, gleich hinter Schwechat. Am Ende eines feuchtfröhlichen Abends mit Freunden ließ N. sein Auto in Wien stehen und fuhr mit dem letzten 71iger zur Endstation Zentralfriedhof. Es war schon zwei Stunden nach dem Zapfenstreich, der ja für Offiziere nicht gilt. Bei der Endstation bestieg er ein Taxi und gab als Fahrtziel die Kaserne Zwölfaxing an.
Mit den Worten: „Waaß i scho!" preschte der Taxler los.

Als sich das Auto der Kaserne näherte, bog der Chauffeur nicht links zum Kasernentor ab, sondern fuhr geradeaus weiter. Auf den Zuruf des Oberleutnants, daß es doch links zur Kaserneinfahrt gehe, meinte der Taxler freundlich: „I bring Se glei zur Kasernmauer, wo alle Zapfenwichser drüberkräun!"

SEUCHENGEFAHR

Unterhalb des Klammjochs in der Wattener Lizum, seit urdenklichen Zeiten Schieß- und Übungsplatz des Bundesheeres, war im Melkboden ein Hochlager errichtet worden. Vom Joch sah die kleine Zeltstadt recht malerisch aus – wie eine Klosteranlage in Tibet.
Nach einem anstrengenden Marsch hatten sich Offiziere und Unteroffiziere noch auf ein paar „Schnapserl" zusammengesetzt; im Verlauf des Abends wurden es mehr und mehr. Den alten Tiroler Bergführern machte es sichtlich Spaß, einen der frisch ausgemusterten Fähnriche auf seine (Trink-)Tauglichkeit zu prüfen.
Am nächsten Morgen lag der Arme totenstarr im Moos und erholte sich von den „Strapazen" der Nacht. Alle Versuche, ihn auf die Beine zu stellen, schlugen fehl. Da näherte sich dem Zeltlager eine Gruppe höherer Offiziere aus dem Ministerium in Wien. Geistesgegenwärtig gab Majorarzt Dr. „Charly" Riemer, der für derartige menschliche Schwächen ein großes, verständnisvolles „G'müat" hatte, den Befehl, über dem Bewegungslosen ein Vier-Mann-Zelt aufzubauen. An das Zelt heftete er eine Rot-Kreuz-Binde und einen Zettel: „Seuchengefahr". Als die hohen Herren schwer atmend ankamen, steuerten sie sofort auf das „Sanitätszelt" zu. Kaum hatten sie den Zettel gelesen, war auch die geplante Besichtigung schon wieder vorüber.
P. S. So hat der Rausch des Fähnrichs das Bataillon vor lästigen Gästen bewahrt. Der junge Mann ist inzwischen ein (jung gebliebener) Oberst an der Militärakademie.

EIN UNECHTER BAUER

Um den Sicherungsdienst – dazu gehört auch die Personenkontrolle – besonders realistisch zu üben, wurden einige Militärakademiker bei einem Manöver im Wechselgebiet als Zivilisten verkleidet. Der gegenwärtige Kommandant des Gardebataillons, Oberstleutnant Udo Liwa, damals Militärakademiker im 1. Jahrgang, mußte sich eine Bauernjoppe anziehen, bekam einen Heurechen in die Hand gedrückt und sollte sich, so verkleidet, einem Sicherungsposten nähern. Wer nun erwartet hatte, Liwa würde nach dem Anruf des Postens: „Halt, wer da?" etwa antworten: „I bin da Lerchenbauer und kum vom Heumachen", der irrte.
Liwa, aus gutem Hause stammend, antwortete im besten Bühnendeutsch: „Ich bin ein Landwirt aus der Umgegend und komme vom Bestellen meiner Felder."
Die Postenkontrolle ging im allgemeinen Gelächter unter.

DAS ZAUBERFERNROHR

Bei den im Dritten Reich in Österreich gebauten Kasernen wurde in jedem Gebäudeblock eine Wohnung für den Kompaniekommandanten und den dienstführenden Unteroffizier, den „Spieß", eingeplant. Man wollte seine „Schäfchen" Tag und Nacht unter Kontrolle haben.
Dreißig Jahre später nützte noch ein Dienstführender in der Garnison Langenlebarn diese tausendjährige Planung. Er schreckte seine Soldaten mit dem Hinweis, daß er aus seiner Wohnung mit einem Fernrohr alle jene Soldaten beobachte, die ohne Urlaubsschein den vor der Kaserne haltenden Zug nach Wien bestiegen. Passagiere berichteten von Jungmännern, die im Schutz des Bahndammes an den Zug heranrobbten und aus ihrer „Deckung" im Waggon erst hinter der nächsten Station St. Andrä-Wördern hervorgekommen seien.

ERFOLGSMELDUNG

Wachtmeister Rudolf S., langjähriger Kraftfahrunteroffizier bei einem Feldjägerbataillon, war zu einem Fahrlehrerkurs kommandiert worden und hatte nicht bestanden. Der Schlaumeier meldete sich so bei seinem Kommandanten zurück: „Herr Oberleutnant, Wachtmeister S. meldet sich als *Hilfs*fahrlehrer zurück."

LAUFSCHRITT

Fähnrich Hans Widhofner – mein Coautor – war in den Anfangsjahren der Militärakademie Klassenoffizier, was etwa einem Zugskommandanten entspricht. Er hielt viel auf Disziplin und Ordnung sowie auf vorschriftsmäßige Adjustierung. Erblickte er bei einem seiner Schüler einen offenen Knopf, so mußte der Betroffene als Erziehungsmaßnahme eine Runde um den Exerzierplatz laufen.
Eines Tages passierte etwas schier Unglaubliches: Er hatte selbst einen Knopf an seiner Uniformbluse offen! Ein vorlauter Militärakademiker machte ihn auf seinen Adjustierungsfehler aufmerksam und fragte provozierend, ob der Herr Fähnrich nun auch eine Runde laufen werde. Dieser zuckte ob dieser Frechheit kurz zusammen und antwortete: „Ja natürlich; Zug Lauf – schritt, mir nach!"

„E-EF“

Der „Einjährig-Freiwillige“ ist ein Soldat, der bereits ein Mensch ist, obwohl er noch kein Mensch sein sollte: denn beim Militär beginnt der Mensch bekanntlich erst weiter oben. Da aber der „E-EF“ – so wird der Typ abgekürzt und dementsprechend distanziert und gedehnt angesprochen – rasch in die Ränge vorstößt, wo eben der Mensch anzufangen beginnt, ein Mensch zu sein, nimmt er bereits mit dem Einrücken eine bevorzugte Stellung ein. So trägt er (damit schon von weitem erkennbar ist: Gefahr, er könnte bald mein Vorgesetzter sein) einen silbernen Streifen am Ärmel. „Intelligenzbörtel“ wird in der Armee das acht Millimeter breite Streifchen genannt, das deutlich zeigen soll, daß der Träger (nach wievielen Anläufen, wird nicht gefragt) die Matura geschafft hat.
Dementsprechend schwer tun sich vor allem die Unteroffiziere mit diesen Knaben; aber auch erfahrene Offiziere sind manchmal ratlos, wie man den – für ihren Rang viel zu frechen – militärischen Grünschnäbeln beikommen soll.

DIE FALSCHEN STRÜMPFE

1963 diente ein Sohn der bekannten Strumpfdynastie Palmers als Einjährig-Freiwilliger bei der Fliegerabwehrschule in Langenlebarn.
Bei einem längeren Marsch holte er sich Blasen an den Füßen. Kommentar seines Ausbilders: „Sie hätten halt doch Kunert-Strümpfe tragen sollen!“

EINER GENÜGT

1980 leistete der jüngste Sproß des damaligen Armeekommandanten General Emil Spannocchi seinen Wehrdienst als Einjährig-Freiwilliger bei der Panzertruppenschule in Zwölfaxing, am Stadtrand von Wien, ab. Der besorgte Vater besuchte daher gelegentlich seinen Sprößling – nicht zur besonderen Freude des Schulkommandanten, Oberst Karlhofer. Eines Tages meldete sich der Sohn des Generals mit der Bitte zum Rapport, aus der Offiziersausbildung ausscheiden zu dürfen. Der Oberst greift sofort zum Telephon und verständigt den Armeekommandanten.
Nach einer Schrecksekunde fragt Spannocchi: „Was hat er denn als Grund dafür angegeben, Karlhofer?"
Der Oberst: „Herr General, Ihr Sohn hat gesagt, ein Spannocchi ist für das Bundesheer genug!"

SEINE BEWAFFNUNG

Alarmübung bei einer Einjährig-Freiwilligen-Kompanie. Als die Kompanie nach einer Stunde feldmarschmäßig gepackt im offenen Karree angetreten ist, fällt einem EF auf, daß der „Spieß“ noch immer in Halbschuhen und ohne Stahlhelm und Rückengepäck – früher hat man Tornister gesagt – vor der Einheit steht.
„Herr Vizeleutnant“, fragt keck der EF, „müssen Sie bei einer Alarmübung nicht auch gefechtsmäßig ausgerüstet sein?“
Der Vizeleutnant, ein eisgraues Haupt mit vielen Dienstjahren am Buckel, in väterlichem, aber doch herablassendem Tonfall:
„Lieber junger Mann, meine Waffe ist der Geist!“
Der EF gab sich (noch) nicht geschlagen:
„Dann sind Sie aber schlecht bewaffnet, Herr Vizeleutnant!“
Der Rest der Kontroverse ging in einem Lachsturm unter.

TÄNZER GEFRAGT

Die Tradition der Deutschen Wehrmacht, einrückende Intelligenzler spüren zu lassen, wer nun das „Sagen“ habe, indem man sie zu „bevorzugten Aufgaben“ wie Geschirrabwaschen oder Klosettreinigen heranzog, feierte am Beginn des zweiten Bundesheeres manch fröhliche Urständ.
1961, Winteralpinausbildung auf dem Truppenübungsplatz Hochfilzen. Die Offiziere hatten selbstverständlich am Abend Ausgang in die nahen Wintersportorte Fieberbrunn und St. Johann; die Einjährig-Freiwilligen mußten nach Dienst im Lager bleiben. Oberleutnant Felber, inzwischen Kommandant der Theresianischen Militärakademie, meldete, bereits in Ausgehuniform, dem Batteriekommandanten, Hauptmann Bittner. Der fragte arglistig: „Wer von Ihnen kann besonders gut tanzen?“ Aufzeigen traute

sich nur der Offiziersanwärter Suppersberger (28 Jahre später Armeechefingenieur): „Herr Hauptmann, ich habe das silberne Tanzsportabzeichen!" „Gut, Suppersperger, melden Sie sich anschließend bei mir!"
Einige ärgerten sich, nicht auch aufgezeigt zu haben, sahen sie doch „Supperl" bereits als Begleiter des Hauptmanns und des feschen Oberleutnants Felber, dem die Herzen der weiblichen Urlaubsgäste zuflogen, beim abendlichen Ausgang. Als Suppersperger knapp vor Zapfenstreich müde in die Baracke wankte, fragten die Kameraden bohrend, wie der Abend gewesen sei. S. gab sich äußerst zugeknöpft, sodaß manche schon an ein amouröses Abenteuer glaubten. Erst nach längerem Schweigen kam die ernüchternde Antwort:
„Der Hauptmann hat gesagt", kam es schleppend über des Offiziersanwärters Lippen, „wer ein guter Tänzer ist, kann sicher auch gut Geschirr abwaschen, und führte mich zur Abwasch, wo schon seit Tagen nicht aufgeräumt worden war."

SORGEN

Höhepunkt des Auswahlkurses zur Aufnahme in die Militärakademie war jahrelang ein mehrtägiger Gefechtsmarsch vom Truppenübungsplatz Allentsteig nach Wiener Neustadt – Marschleistung etwa 150 Kilometer. 1959 führte den Kurs der Offiziersanwärter (zu diesem Zeitpunkt sind sie noch EF) der äußerst strenge und daher gefürchtete Hauptmann August Ségur-Cabanac. Am zweiten Tag, an dem die Füße so richtig bleiern wurden, marschierte der Hauptmann längere Zeit neben dem Offiziersanwärter Phillipi her und traktierte ihn:
„Phillipi, Sie schauen immer so traurig drein. Mit so einem Gesicht können Sie nicht Offizier werden."
Phillipi schaute, möglicherweise hatte er Blasen an den Füßen, noch ernster und trauriger.
Der Hauptmann: „Phillipi! Ich befehle Ihnen, jeden Tag vor dem Spiegel das Lächeln zu üben!"

Keine Reaktion.
„Weshalb schauen Sie eigentlich so traurig drein? Haben Sie Sorgen und Ärger?"
„Jawohl, Herr Hauptmann."
„Private Sorgen?"
„Nein, Herr Hauptmann."
„Vielleicht mit einem Ihrer Lehrer hier?"
„Jawohl, Herr Hauptmann."
„Mit wem?"
Mit der nun folgenden Antwort zeigte der Offiziersanwärter, angesichts der bevorstehenden Aufnahmeprüfung, Courage: „Mit Ihnen, Herr Hauptmann."
P. S. Phillipi ist inzwischen Oberstleutnant, Ségur-Cabanac General im Ruhestand.

WER IST DER KLÜGSTE KÖNIG?

Major Mesner, beim Versorgungsregiment 1 in Zwölfaxing für die EF-Ausbildung verantwortlich, kaufte seinen EF gleich am Beginn der Ausbildung die Schneid ab.
Er stellte jedem neu einrückenden EF-Jahrgang die Frage, ob ihm einer der gebildeten Herren sagen könnte, wer wohl der klügste König der Menschheitsgeschichte gewesen sei.
Der Major gab sich stets, das ratlose Schweigen vorausahnend, selbst die Antwort:
„König Herodes ist der klügste König gewesen. Er hat nämlich alle ‚Einjährigen' umbringen lassen."

IM „FELDE“

Zu den schwierigsten Aufgaben bei Übungen zählt die Rolle des „Schiedsrichters“. Ähnlich wie beim Fußball muß er falsches Verhalten auf dem „Spielfeld“ – hier eben das Manövergelände – ahnden. Dabei hat er allerdings keine „gelbe“ und „rote“ Karte zur Verfügung, aber „Zeitausschlüsse“ gibt es schon – die Soldaten wiederum würden am liebsten lauter „rote“ Karten sehen, denn dann wäre die Übung für sie vorzeitig zu Ende.

KOPFSCHUSS, BAUCHSCHUSS ...

Schon bei der Vorläuferin des Bundesheeres, der sogenannten B-Gendarmerie, gab es diese Schiedsrichterrolle. Da die Ausbilder fast alle im Krieg gedient hatten, wurde sehr realitätsnah geübt.
Rittmeister Ehgartner, der Kurskommandant, griff in das „Kampfgeschehen“ ein und bestrafte jedes falsche Verhalten mit „Zeitausschlüssen“:
„Kopfschuß, Bauchschuß, Beinschuß – ausgefallen!“
Schnell war die Wiese mit „Gefallenen“ übersät, und von den Angreifern blieben nur wenige Mann übrig. Kurz vor dem feindlichen Schützengraben kommandierte der Rittmeister: „Sturrrm vorrwärrrts!“
Die verbliebenen drei Angreifer sprangen auf und rannten unter dementsprechend schwachem Hurra-Gebrüll auf die Stellungen der Verteidiger zu.
„Haaalt, haaalt, warum stürmen die anderen nicht?“ rief E.
„Die haben Sie ausfallen lassen, Herr Rittmeister!“
Da stieß Rittmeister Ehgartner die Faust in die Luft und schrie:
„Tooote naaachkommen!“

TIROLER SITTEN

Oberst Imre Steinwendner, Kommandant des Landwehrstammregiments 63 im Tiroler Oberland, war 1961 noch Oberleutnant und Chef der 3. Kompanie des Jägerbataillons 22.
Bei einem Manöver im Stubaital ließ sich gerade der gefürchtete Generaltruppeninspektor General Fussenegger in die Lage einweisen, als der Kompaniemelder seinem Kommandanten zurief: „Du, Oberleutnant, 500 Meter vor uns ein feindlicher Spähtrupp!“
Das konnte nicht gutgehen. Jeder, der den General kannte, wußte, daß dieser bis in den späten Morgen saugrantig war. Verdarb ihm bis dahin etwas die Laune, besserte sich

Der Herr Major in Pension

Staatspolizei im Einsatz

diese auch bis zum Abend hin nicht. – So auch jetzt: Der General gab sofort lautstark seinem Unwillen darüber Ausdruck, daß ein einfacher Soldat seinen Kompaniechef einfach duzte. Aber es kam noch ärger.
Mitten in die Schimpfkanonade des hohen Herrn hinein schrie der Melder neuerlich: „Du, Oberleutnant, starker Feind in 300 Meter, direkt in unsere Richtung! Und du, General, wann du auf unserer Seiten bischt, na dann mach di auf die Socken, weil di fangen s' z'erscht!"
Der General mußte schmunzeln; die schlechte Laune war wie weggeblasen, und als der Feind abgewehrt war, belobte er den aufmerksamen Melder, der fortan mit höchster Billigung seinen Oberleutnant duzen durfte.

VOLKES STIMME

Bei einer Übung auf der Rax besah sich General Fussenegger, begleitet von seinem Adjutanten, Major Attems, im Hubschrauber die Gefechtslage aus der Vogelperspektive und entdeckte eine Schützengruppe, die sich, ganz unmilitärisch zu einem Haufen geballt, nach vorne bewegte. Fussenegger gab Befehl zum Landen, ließ den Kompaniekommandanten kommen und rügte diesen lauthals wegen der mangelhaften Ausbildung der Mannschaft, bestieg wieder den Hubschrauber und weg war er. Bevor sich der Offizier noch von seinem Schrecken erholt hatte, hörte er aus den Reihen der Präsenzdiener des Volkes Stimme:
„Der is leiwand, z'erst schleicht er si mit seiner Libell'n daher, dann wird er goschert und dann flattert er wieda davon."

DER KÄLTESCHOCK

Sommer 1962; eine Feldjägerkompanie übt im Kobernaußer Wald. Es ist furchtbar heiß. Während die jungen Soldaten nicht wissen, wohin sie sich vor der Hitze verdrücken sollen, sitzt der Hauptmann voll adjustiert im

komplett aufgeplanten Jeep in der Mittagshitze, die behandschuhten Hände unter den Achseln verschränkt, und erweckt den Eindruck, als ob er in den nächsten Minuten den Schüttelfrost bekommen würde.
Der Leutnant macht sich Sorgen um ihn – es wird ihm hoffentlich nichts fehlen. Er tritt an den Jeep heran, öffnet die Tür, salutiert: „Herr Hauptmann, ist Ihnen nicht wohl?"
Hauptmann: „Wieso, Herr Leutnant, machst du dir Sorgen um mich?"
„Ja, Herr Hauptmann, wir wissen nicht, was wir noch ausziehen sollen, und Sie sitzen hier voll adjustiert in Stiefeln in der prallen Sonne."
Hauptmann: „Weißt du, lieber Leutnant, ich habe in Rußland so viel gefroren, daß ich die erlittene Kälte in meinem ganzen Leben durch Hitze nicht mehr aufholen kann!"

BESONDERER VORFALL

Der tägliche Ausbildungsbetrieb, weit mehr aber noch Übungen und Manöver haben es in sich, daß sich Soldaten Verletzungen kleinerer oder größerer Art zuziehen. Wichtiger als die Wundversorgung oder der Abtransport des Verletzten – so scheint's zumindest manchmal – ist die fernschriftliche Meldung darüber; im Militärjargon kurz: „Besonderer Vorfall".
Im Oktober 1965 fanden im Raum Hainfeld, Gutenstein und Rohr im Gebirge, also im „wilden" Teil des sonst sanften Wienerwaldes, große Heeresmanöver statt. Die 1. Kompanie des Kärntner Jägerbataillons 25 gehörte zu den Angreifern. Kommandant des Spitzenzuges war der Leutnant Rupert Huber, sein Funker, zugleich Melder, der Jäger Robert Huber – beide waren nicht miteinander verwandt.
Nach stundenlangem Anmarsch hatten die Kärntner erste „Feindberührung". Geschossen wurde von einer Paßsenke

herunter, die den bezeichnenden Namen: „Auf dem Hals" trägt.
Plötzlich ein Schrei; der Jäger Huber blutet an der Hand. Wie sich später herausstellen sollte, hatten die niederösterreichischen Verteidiger verbotenerweise Holzstücke in die Gewehrläufe geschoben, um so die „Abwehrkraft" zu erhöhen.
Nachdem man den Jäger Huber verbunden hatte, setzte der Leutnant Huber folgenden Funkspruch an das Bataillon ab:
„Besonderer Vorfall: Jäger Huber Robert wurde im Raum Auf dem Hals an der Hand verletzt. Der Zugskommandant: Huber Rupert, Leutnant."
Damit war der Grundstein für mehrere An- und Nachfragen gelegt:
Erste Anfrage: „Wo wurde er verletzt? Auf dem Hals oder an der Hand?"
Zweite Anfrage: „Wer wurde verletzt? Leutnant Huber oder Jäger Huber?"
Dritte Anfrage: „Warum an der Hand *und* auf dem Hals?"

FATA MORGANA

Das im tirolerischen Kufstein stationierte Jägerbataillon 21 nahm an einem Manöver im „feindlichen" Kärnten teil. Während eines Angriffes verlor eine Kompanie die Fühlung mit dem sich absetzenden Feind; ein Stabswachtmeister bekam daher noch in der Nacht den Auftrag, den Feind „aufzuklären". Um Mitternacht erhielt der Kompaniekommandant von seinem Spähtrupp über Funk die erste Meldung: „Feind in Kompaniestärke im Raum Kreuzbergsattel zur Ruhe übergegangen. Habe 32 Viermannzelte gezählt. Angriff aus Richtung Norden möglich."
Im Morgengrauen griff die Kompanie an, der Angriff verlief wie nach einem Filmdrehbuch. Keine Gegenwehr. Der „Feind" bestand nämlich aus 32 großen Schotterhaufen.

SCHWEJK LEBT NOCH!

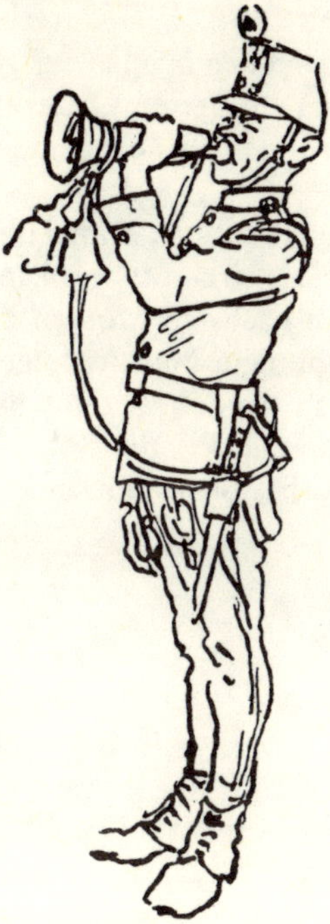

GENUG DA

Der erste Militärkommandant des Burgenlandes, Generalmajor Knotzer, liebte Gulaschsuppe über alles. Daher wurde bei fast jeder militärischen Festlichkeit Gulasch gekocht. Bei einer solchen Gelegenheit schüttete eine ungeschickte Offiziersordonnanz dem General einen vollen Teller Suppe über die Uniform. Der General brüllte – die Gulaschsuppe war ordentlich heiß. Der junge Soldat, offenbar durch nichts aus der Ruhe zu bringen, versuchte die Schimpfkanonade des hohen Offiziers zu stoppen:
„Herr General, keine Sorge, es ist noch genug Gulaschsuppe da.“

KAWASAKI

Bei der 2. Kompanie des Pionierbataillons 3 in Salzburg diente ein Soldat mit dem unaussprechlichen Namen Pithayatarathorn. Da sich den Namen des geborenen Thailänders und frisch eingebürgerten Österreichers niemand merken konnte, wurde er im Kameradenkreis einfach Kawasaki genannt.
Als nun Pionier Pithayatarathorn einmal über den „Zapfen wichste", also später als erlaubt heimkam, meldete der Korporal vom Tag am nächsten Morgen dem Kompaniekommandanten, Hauptmann Mahrle, folgendes:
„Herr Hauptmann, ich melde mich mit besonderen Vorkommnissen. Der Pionier Pi, der Pit, der Thaya, ach Sch . . ., der Kawasaki hat über den Zapfen getuscht!"

ČEVAPČIĆI

Zu einem ähnlichen Trick griff man im benachbarten Oberösterreich. Bei der 3. Kompanie des LWSR 41 in Enns diente ein Wehrmann mit Namen Kashmanipour. Der Spieß, Vizeleutnant Stolberger, unternahm einige Versuche, den Namen richtig auszusprechen. Schließlich „taufte" er ihn kurzerhand in „Čevapčići" um.

MILITÄRISCHER BABYSITTER

Der junge Oberleutnant Allesch, inzwischen bereits Oberstleutnant und stolzer Kommandant des steirischen Artilleriebataillons (das schon der Vater kommandiert hat), nimmt mit seiner Frau und – in Ermangelung eines Babysitters – auch mit seinem kleinen Sohn an einer Feier mit geladenen Gästen in der Kaserne teil. Der Korporal vom Tag wird beauftragt, hin und wieder nach dem Kleinen zu sehen. Es dauert nicht lange – das junge Paar

plaudert gerade in recht illustrer Gesellschaft –, als der Korporal vom Tag erscheint und stramm meldet: „Herr Oberleutnant! Ihr Bua hot se ang'schissen."
Indigniert fragt jemand aus der Gesellschaft: „Ja, wieso denn?"
Darauf der Soldat mit treuherziger Miene: „Er stinkt so firchterlich."

VORHER – NACHHER

Oberst Koupsky, gegenwärtig ABC-Truppeninspektor, war als junger Offizier Kommandant eines Maturantenzuges. Es machte ihm Spaß, seine Schützlinge fallweise mit einem Witz bei Laune zu halten; er freute sich dann über das beifällige Gelächter.
Als K. wieder einmal ein Späßchen gemacht hatte, fiel ihm auf, daß ein Maturant, der vorher zu den eifrigsten Lachern gezählt hatte, stumm blieb. Koupsky fragte, ob ihm der Witz nicht gefallen habe:
„Herr Oberleutnant, ich rüste morgen ab!"

DIE LETZTE SEMMEL

Der Hauptmann gab seinem Kanzleigehilfen zehn Schilling mit der Bitte, für ihn eine Wurstsemmel aus der Kantine zu holen. Der Präsenzdiener nahm das Geldstück und schaute den Hauptmann traurig an. Der Offizier, der die leidende Miene bemerkte, fragte: „Wollen S' auch eine Wurstsemmel?" Eifrig bejahte der Soldat, und der Hauptmann gab ihm nochmals zehn Schilling, damit auch er sich eine Semmel kaufen könne.

Nach einer Viertelstunde kam der Kanzleigehilfe aus der Kantine zurück und gab dem Hauptmann zehn Schilling. Als ihn der Offizier kopfschüttelnd ansah, meinte der Soldat treuherzig: „Herr Hauptmann, es hat in der Kantine nur noch eine Wurstsemmel gegeben!"

SPRÜCHE

In den sechziger Jahren kam der legendäre Oberst Adamovic (der „Letzte Ritter") aus Graz ins Bundesministerium. Da begegnete er einem Jungmann, der einen mit WC-Papier vollbepackten Rollwagen zum Lift schob. Der Oberst zum Wehrmann: „Wird im Ministerium außer Scheiße sonst noch was produziert?"

Bei einer Informationsveranstaltung für Wiener Mittelschüler stellte der Klassensprecher, ein Bursch mit besonders langen Haaren, General Kuntner die provozierende Frage:
„Was muß ich tun, um mich vor dem Wehrdienst zu drücken?"
Der General: „Machen Sie sich keine Sorgen, Mädchen müssen nicht einrücken!"

Im Offizierskasino der Militärakademie ruft ein Offizier nach der Ordonnanz. Auch nach dem dritten, eindringlichen Ruf kommt keiner. Dafür steckt eine Putzfrau ihren Kopf aus der Teeküche und meint treuherzig: „Momentan ist niemand in der Ordination."

Zwei Frauen aus der Putzbrigade des Ministeriums begegnen einander. Meint die eine: „Man sieht dich in letzter Zeit gar nicht mehr. Warst du krank?" Darauf die andere stolz: „Ich bin versetzt worden – in die elektrische Datumsverarbeitung."

Der Kommandant des Panzerbataillons 10 in St. Pölten, Major Angetter, zu seinem Kompaniekommandanten:
„Du hast lauter kleingewachsene Soldaten zur Wache eingeteilt. Ich sehe keinen Sinn darin."
Hauptmann Ogris: „Ich schon. Die müssen sich bei der Fahrtenbuchkontrolle nicht so weit hinunterbücken!"

MILITÄRISCHER SCHRIFTVERKEHR

Nicht nur Hunde, auch Pferde dienen beim Militär; ein besonders prächtiges Tier ist der Amtsschimmel. Er wiehert aus vielen Schriftstücken. Außerdem steht er oft auf Kriegsfuß mit der „deitschen“ Sprache.

„Ich bitte um Genehmigung eines Sonderurlaubes gem. § 74 BDG 1979 in der Dauer von zwei Tagen ... zwecks Ableben meiner Schwiegermutter.“

„Sehr geehrtes Kommando!
Durch die Abwesenheit meines Sohnes Josef Mantler konnten vier Schweine nicht belegt werden, denn nur er hat den Kurs für die künstliche Besamung. Dadurch entstand ein Schaden in Höhe von S 1.092,–.“

„An das Militärkommando Salzburg Zl 796-3131/83
Bitte um Versetzung
Erbetene Garnison: Bregenz
Kurze Begründung:
Aus privaten Gründen, ich bin verheiratet, bitte ich um Versetzung nach Vorarlberg. Um meinen Verpflichtungen im familiären Bereich nachkommen zu können, sollte ich täglich bei meiner Gattin sein.“

„Korpskommando II
Die Impfung aller Mil.Hunde, sowie die erstmalige Impfung aller Tragtiere gegen die Wutkrankheit von Korpsveterinär ...“

Der Bundesminister
Zl. 63.800/1/85
Betreff: Fortführung der Personalstrukturreform – Aufnahme von zivilen Arbeitskräften – Weisung
In Ergänzung meiner Weisung vom 2. September 1985 (Aufnahme von weiblichen Arbeitskräften) ordne ich hiemit an, daß ab sofort Aufnahmen von männlichen zivilen Arbeitskräften grundsätzlich aus dem Bereich der Offiziere auf Zeit, ZVS und Zeitsoldaten zu erfolgen haben.
Ausnahmen, d. h. Aufnahmen von der Straße, behalte ich ausschließlich mir vor.
Zusätzlich sind mir ab sofort sämtliche Aufnahmelisten zur Vorgenehmigung vorzulegen.

14. Oktober 1985
(Dr. Frischenschlager)

Im Frühjahr 1989 langte folgende Beschwerde ein: „Ein Militärhund bekommt ein höheres Futtergeld als ein Soldat Verpfleggeld. Ist dem Bundesheer ein Hund mehr wert als ein Soldat?"
Die von der Kommission daraufhin durchgeführte Erhebung ergab, daß ein Militärhund tatsächlich S 50,–, ein Grundwehrdiener S 39,– Kostgeldsatz haben. Das Futtergeld war allerdings inzwischen von S 50,– auf S 40,– pro Tag herabgesetzt worden. Der Unterschied zugunsten des Hundes betrug also nur noch S 1,–. Die Erhebung ergab weiter, daß die Kameraden des beschwerdeführenden Soldaten mit der Menge und der Qualität des Essens zufrieden waren.
P. S. Die Beschwerde wurde daher als unberechtigt abgewiesen. Die Militärhunde konnten nicht befragt werden, ob sie mit der Futterration zufrieden seien.

BMfLV Zl. 54.030/9 – 4.10.77
a. o. Beschwerde gem. § 13 ADV

Stellungnahme

Die Behauptung, daß bei Benützung von Zeitungspapier bei der Reinigung der Analgegend die Gefahr einer Blutvergiftung oder Infektion bestünde, kann vom medizinischen Standpunkt aus nicht aufrechterhalten werden.
Zur zweiten Frage, wieviel Toilettenpapier zur Verfügung gestellt werden müßte, um den Anforderungen der Hygiene Genüge zu tun, ist nach entsprechenden Recherchen folgendes zu sagen:
Das Quantum von zwei Rollen Toilettenpapier für ein Vierteljahr, ausgegeben an den einzelnen Soldaten, wäre ausreichend bemessen, da die beim Militär verwendeten Toilettpapierrollen dzt. 400 Blatt stark sind. Bei einem täglichen Verbrauch von 5 Blatt bei normaler Verdauung würde der einzelne Soldat innerhalb von drei Monaten mit zwei Rollen gerade als untere Grenze das Auslangen finden. Natürlich wäre bei Verdauungsbeschwerden mit einem entsprechenden Mehrbedarf zu rechnen, und es müßte in einem solchen Fall der einzelne Soldat im Krankenrevier vorstellig werden, damit ihm berechtigterweise eine zusätzliche Ration Toilettenpapier zugewiesen werden kann.

1. Juli 1977
Für den Bundesminister
Dr. Schmid
Generalarzt

FRIEDENSDIENST

Tausende Berufssoldaten und Reservisten dienen seit 1960 unter der blauen Fahne der Vereinten Nationen. Begonnen hat das österreichische Friedensengagement im Kongo, weitere Stationen waren Sinai, der Suez-Kanal, der Golan, der Golfkrieg und der Afghanistankonflikt. Die Österreicher schlugen sich dabei ausgezeichnet, wobei ihnen wohl das heimische Naturell sehr zustatten kam – in jeder Hinsicht!

Verteidigungsminister Ferdinand Graf trommelt zum Friedensdienst im Kongo

AUSTRIAN ENGLISH

Während sich die einzelnen UN-Kontingente natürlich innerhalb ihres Kommandobereiches in der Landessprache verständigen, ist Englisch unbestritten die „Amtssprache“ zwischen den verschiedenen Nationen der Friedensstreitmacht.
Vielen österreichischen Offizieren und Unteroffizieren mangelte es vor dem ersten UN-Einsatz an der nötigen Sprachpraxis, lag doch der Englisch-Schulunterricht oft Jahrzehnte zurück.
Unfreiwillige Sprachblüten entstanden meist beim Versuch, möglichst wörtlich von einer Sprache in die andere zu übersetzen. Telephongespräch zwischen einem österreichischen Hauptmann und einem schwedischen Oberst:
„Yes!“
„Yes, yes, Sir!“
„Yes Sir, can I me sinken!“

„YOU WANT GIRL?“

Soldaten im Dienst der Vereinten Nationen - Mindestdauer des Auslandsaufenthaltes sechs Monate – sind gern Opfer sexueller Geschäftemacher, wie die folgende Geschichte des Vizeleutnants K. zeigt:
Während seines UN-Einsatzes 1974 in Ägypten verließ K. einmal sein Hotel in Alexandria. Wenige Schritte später wurde er von einem Araberjungen umworben:
„Mister, you want girl?“
Als er keine Antwort erhielt, drängte er abermals:
„Beautiful girl, very cheap!“
Der Vizeleutnant ging weiter, als ob er gar nicht angesprochen worden wäre.
„Long time 5 Pound, short time only 1 Pound . . .!“
„Mister, you want boy, maybe; beautiful young boy, black or white?“
Der österreichische Unteroffizier ging schneller.

„Look, you no want girl, no want boy, you sure want dirty pictures!" Und schon fing der Junge in seinem Kaftan zu suchen an, bis er ein verschmiertes Päckchen mit Pornobildern hervorzog: „Very dirty Japan girls, very cheap – 100 Piasters!"
Nach einigen hundert Metern gab der Araberjunge mit folgendem Resümee auf:
„Mister, you no want girl, no want boy, no dirty pictures – you sick — or Russian!"

EINFACHE DIAGNOSE

Im Austrian Field Hospital bestand ein gemeinsames Wartezimmer für die nebeneinanderliegende Ambulanz und die Zahnstation. Da die meisten Ambulanzpatienten mit Geschlechtskrankheiten zur Behandlung kamen, pflegte der diensthabende Sanitätsunteroffizier sie in folgender Weise zu trennen: Er betrat das Wartezimmer, zeigte auf den nächsten Patienten, dann auf seine eigenen Zähne und ahmte das Geräusch des Bohrers nach. Schüttelte der den Kopf, dann zeigte er auf sein Hosentürl . . .

TÜCHTIGE ÖSTERREICHER

Das erste österreichische UN-Bataillon auf der Insel Zypern hatte den Distrikt Paphos übernommen und bemühte sich redlich, zwischen den verfeindeten Griechen und Türken zu vermitteln. Der Dienst in dem heißen Klima war für die Soldaten nicht leicht. Als Unterhaltung in der Kleinstadt Paphos bot sich in der dienstfreien Zeit unter anderen Gasthäusern auch ein Etablissement an, vor dem eine rote Laterne brannte.
Dies ging auch eine Weile gut (Aids war damals noch nicht bekannt), bis plötzlich die Preise für die dort dargebotenen Dienste stark erhöht wurden. Auf den Rat des Chefs der UN-Militärpolizei, des Tiroler Vizeleutnants Jänig, verbot

daraufhin der Bataillonskommandant, der damalige Oberstleutnant Kloss, den Besuch dieses Hauses.

Drei Tage später kam die Madame, eine levantinische Walküre mit glänzendem Gesicht und blauschwarzen Haaren, zum Kommandanten und begann ihre Klage: „Mein Herr, Sie ruinieren mein Geschäft, weil Sie ihren Soldaten verboten haben, zu mir zu kommen. Ich habe eigens für die Österreicher neue Mädchen aus Limassol kommen lassen, alles nur, um den Österreichern zu Diensten zu sein!"

„Warum haben Sie dann die Preise so stark hinaufgesetzt?" fragte der Offizier.

„Mein Herr, wußte ich, wie die Österreicher sind? Ich dachte, Sie seien wie die Einheimischen; die machen ganz schnell und schlafen dann ein. Aber die Österreicher – die machen, machen, machen und hören nicht auf. Ich mußte daher meinen armen Mädchen mehr zahlen. Oh, was sind Ihre Soldaten doch für Männer!"

Man einigte sich zur beiderseitigen Zufriedenheit auf einen Mischpreis. Stoßseufzer des Bataillonskommandanten: „Es gibt Dinge, die lernt man nicht auf der Militärakademie."

Erste Ausfahrt

„Nur net ham zu meiner Alten!“

HEITERES AUS DER HERRENGASSE

DAS MINISTERIUM DES INNEREN

Das hätten die Urväter der Sozialdemokratie sich kaum auszumalen gewagt, daß sie eines Tages die Sicherheit Österreichs aus einem fürstlichen Hause, dem Modeneser Palast in der Herrengasse 7, lenken würden, demselben Haus übrigens, in dem der gefürchtete Präsident der k. k. Polizei-Hof- und Zensurstelle, der allgegenwärtige Graf Josef Sedlnitzky von Choltitz, im Auftrage Metternichs einst den „Nachtwächterstaat" dirigierte. Doch auch später noch regierten im Ministerium des Inneren Persönlichkeiten mit höchst unterschiedlicher politischer und charakterlicher Statur; es genügt, wenn man nur die Namen Starhemberg, Major Fey und Seyss-Inquart nennt. In der Zweiten Republik kam den Chefs des Modeneser Palais eine ebenso eminent politische Rolle zu, denkt man nur an die Niederschlagung des kommunistischen Putschversuches im Okto-

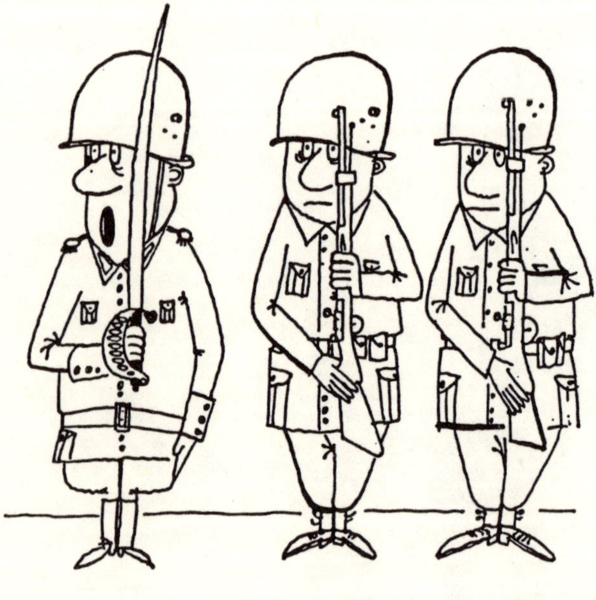

ber 1950; dafür waren sie durch ihre Vergangenheit entsprechend „geschult“: Oskar Helmer und Franz Olah hatten für ihre Überzeugung viele Jahre in politischer Haft gebüßt. Daß bei soviel politischem Hintergrund noch ein wenig Platz für Heiterkeiten blieb, überrascht fast.

DAS MESSER

Oskar Helmer hielt wenig vom „militärischen“ Zeremoniell, das damals auch bei Polizei und Gendarmerie noch en vogue war. So beklagte er sich beim damaligen Major Rauscher, nachdem ihm eine Ehrenformation der Gendarmerie gemeldet worden war:
„Do is ana mit'n Messer auf mi zuakumma – i hab mi richtig g'fürcht!“
Helmer meinte natürlich den Säbel des Offiziers, der die Ehrenkompanie kommandierte. Immerhin war der Gendarmeriesäbel über Generationen hinweg äußeres Zeichen der Ordnungsfunktion gewesen.

ORDENSTAUSCH

Bei einer der ersten Ordensverleihungen nach dem Zweiten Weltkrieg standen sie angetreten in der Rennwegkaserne: vom Oberst bis zum Probegendarm. Erst wurden die Taten der Ausgezeichneten (meist Lebensrettungen) gewürdigt, dann bat Gendarmeriegeneral Kimmel, dicht gefolgt von seinem Adjutanten mit dem Ordenstableau, den Innenminister, die Orden zu verleihen.
Helmer begann statt am rechten Flügel (wo die Obersten standen) am linken Flügel und heftete einem Probegendarmen das Goldene Ehrenzeichen auf die Uniformbluse. Als General Kimmel nach mehreren „Fehlverleihungen" Helmer auf den rechten Flügel umdirigieren wollte, meinte der Innenminister, der von derartigen Ritualen nicht viel hielt: „Also, jetzt hör i nimmer auf. Tauscht's euch's halt nachher wieder aus."

VERBLÜFFENDE REAKTION

Der Innenminister der ÖVP-Alleinregierung unter Bundeskanzler Josef Klaus, der Burgenländer Franz Soronics, inspizierte gerne im Stil des berühmten Harun al Raschid. Er tauchte, stets unangemeldet, nächtens in den einzelnen Kommissariaten und Wachzimmern Wiens auf, den Hut tief ins Gesicht gezogen. Da man ihn meistens nicht erkannte und dementsprechend auch nicht gleich Meldung machte, ging er zu telephonischen Kontrollen über. Einmal rief er lang nach Mitternacht das „Koat" im 15. Bezirk an. Es dauerte endlos lang, bis jemand den Hörer abnahm.
„Hier spricht der Innenminister von Österreich!"
Gallige Antwort des Diensthabenden:
„Und hier spricht der Kaiser von China!"

GEHEIMES VORLEBEN

Josef „Beppo" Afritsch inspizierte, von seinem Sekretär, dem späteren Sektionschef Paul Weissenburger, bestens präpariert, die Abteilung I der Wiener Polizei (hinter diesem nichtssagenden Kürzel versteckt sich seit eh und je die Staatspolizei). Weissenburger: „Mußt glei fragen, Herr Minister, wo die IK ist (schon wieder ein geheimnisvolles Kürzel – die Informationskartei). Am besten schaust nach, was sie über dich aufbewahrt haben!"
Der damalige Chef der Abteilung I, Dr. Oswald Peterlunger, führte Afritsch. „Wo ist die IK?" „Wie meinen Herr Minister?" „No, Sie wissen schon!" „Herr Minister, die kann man nicht sehen, weil . . ." „I möcht's aber sehen." Afritsch bestieg das Podium, auf dem die Stahlschränke standen, zog die Lade mit A heraus und blätterte: „A, A, Afritsch!" Dann hob er die Karte hoch: „Afritsch Josef, genannt Pepi, Gärtnergeselle." Abschätzig blickte er zum STAPO-Chef: „Wos schreibt's des auf, waaß eh a jeder, daß i Gärtnerei g'lernt hob!"

LÖCHRIGE SOCKEN

„Beppos" Nachfolger Franz Olah versuchte diese Geheimniskrämerei im Stile eines Bassenatratsches zu beenden. In einem vielbeachteten Fernsehauftritt (Ministerauftritte waren damals, im Unterschied zu heute, noch eine Rarität) zeigte er seine eigene IK, las daraus vor und kündigte an, daß er alle Akten vernichten werde.
Dabei wurde auch bekannt, was die geheimen Schnüffler über Bundespräsident Adolf Schärf zusammengetragen hatten. Das gipfelte in der aufschlußreichen Eintragung, daß A. Schärf manchmal zerrissene Socken trage. Der oberste Mann im Staat war Witwer – ohne Diener.

ERSATZORDEN

Nach dem Abzug der Besatzungstruppen versuchte ein „Querulant" immer wieder beim Innenminister vorzusprechen, dem allein er sein Begehren vortragen wollte; natürlich wurde er stets abgewiesen. Hartnäckig erschien er wieder; gewitzigt, wie man im Ministerium inzwischen geworden war, sprach man das Bedauern des Ministers aus, ihn nicht persönlich anhören zu können, aber er möge seine Sache dem Journalbeamten als persönlichem Vertreter des Ministers vortragen. Dieser erhielt den eindringlichen „Rat": „Schau'n S', daß wir ihn endlich los werd'n!"
Der Journalbeamte hörte sich also an, was der Mann in mehr oder weniger wirrer Weise erzählte. Er habe für Österreich während der Besatzungszeit durch Erfüllung (abenteuerlichster) Aufträge „gegen die Russen" Entscheidendes geleistet. Seiner Meinung nach müßte er dafür einen Orden bekommen.
Der Journalbeamte schaltete schnell: er ersuchte den „Ordens-Begehrer", ihm in ein anderes Zimmer zu folgen, weil im Journalzimmer zu viele Leute mithören könnten. Dort warf er sich in Positur, ersuchte seinen Begleiter

strammzustehen und verkündete, daß dessen Verdienste selbstverständlich auch dem Minister bekannt seien, er natürlich einen Orden verdient habe, aber mit Rücksicht auf die Sicherheit seiner Person von einer solchen Ehrung Abstand genommen werden müsse, da eine Ordensverleihung amtlich kundgemacht werden müsse und auf diese Weise die Russen von seiner erfolgreichen Arbeit erfahren würden. Daher sei er, der Herr Rat, beauftragt, ihm im Namen des Ministers „Dank und Anerkennung" für die geleisteten Verdienste auszusprechen. Hocherfreut und befriedigt verließ der so Gewürdigte das Ministerium und ward dort nicht mehr gesehen.

DER ERFINDER

Erwin Lanc, der nach dem Rücktritt Karl Lütgendorfs die Nachfolge von Otto Rösch antrat, der wiederum nach dem Willen Kreiskys den Schleudersitz des Verteidigungsministers einnehmen mußte, hatte in seiner Amtszeit schwer

mit einer schier endlosen Serie von Raubüberfällen auf Geldinstitute in Wien und Niederösterreich zu kämpfen. Nachdem die Zeitungen bereits begonnen hatten, sich auf den für die Sicherheit im Lande zuständigen „Lord“ Lanc einzuschießen, begann der Minister intern auf seine Spitzenbeamten Druck zu machen. So wollte er etwa vom niederösterreichischen Sicherheitsdirektor Hofrat Schüller wissen, was dieser unternommen habe, um die Serie von Straftaten zu stoppen. Als der „schwarze“ Schüller versuchte, dem „roten“ Lanc zu erklären, daß sicher auch das gesellschaftspolitische Umfeld eine Rolle spiele, nämlich der damals von Kreisky stark angekurbelte soziale Wohlstand, fiel ihm Lanc ins Wort: „Herr Hofrat, zum Erfinden von Ausreden brauch ich sie nicht. Die finde ich mir, wenn ich sie brauche, selber besser!“

DER MINISTER AM APPARAT

Mit Franz Löschnak, dem wahrlich jede polizeiliche Strenge fehlt – auch von der Körperhaltung her kann man ihm nichts militärisch Strammes nachsagen –, zog ein anderer Stil in das Palais Modena ein: der Direktkontakt. Als ihm beim Aktenstudium in den ersten Tagen etwas unklar war, rief er, im Verteiler suchend, den Abteilungsleiter direkt an. Die Sekretärin meldete sich: „Ja, wer spricht?“ „Löschnak, könnt' ich den Herrn Ministerialrat sprechen?“ – Schrecksekunde – dann ein Ruf ins Nebenzimmer, der trotz Hand auf der Muschel zu hören war: „Herr Ministerialrat, da ist aner, der häkerlt uns.“
Am nächsten Tag machte Löschnak eine ähnliche Erfahrung: Bei einem Vergabeakt, der ihm etwas konfus schien, rief er wieder, ohne vorgeschaltetes Sekretariat, den zuständigen Referenten an; ein Hauptmann der Gendarmerie war am Apparat. Auch hier zuerst eine Schrecksekunde, dann ein tiefes Lufthole: „Verzeihung, Herr Minister, ich muß mich erst erfangen. I hob noch nie mit an Minister telephoniert.“

ANLEIHE IN DER LITERATUR

Die mittelgroße Stadt am Rande Wiens hatte einen neuen Polizeidirektor; der Ernennung war – wie in Österreich üblich – ein längeres politisches Tauziehen vorausgegangen. Damit die eine Partei „ihren" Kandidaten durchbringen konnte, mußte man der anderen Partei woanders entgegenkommen. Innenminister Karl Blecha war persönlich zur Amtseinführung gekommen und spielte – eine Leidenschaft von „Charly" – den Friedensengel. „Wissen Sie, Herr Polizeidirektor", begann Blecha mit maliziösem Lächeln, „bei Ihnen hat alles zusammengespielt, alle Kräfte waren einverstanden. Natürlich gehört dazu auch eine Portion Glück. Wie schon die Tante Jolesch so trefflich sagte: ‚Jo, aber was macht a Depperter mit'n Glück!'!"

DER OLAH

Er stand dem Innenressort am kürzesten vor, nämlich achtzehn Monate. Trotzdem sind auch heute noch, 25 Jahre nach seinem Rücktritt, über Franz Olah mehr Anekdoten im Umlauf als über viele seiner weit länger amtierenden Vorgänger und Nachfolger. Das liegt einmal in der äußerst dynamischen, ja geradezu aggressiven Art Olahs begründet, mit der er seine (politischen) Ziele verfolgte; dabei stand er der Exekutive überaus positiv gegenüber, obwohl er sie vor allem aus der Sicht des politischen Häftlings kannte. Zum zweiten führte der temperamentvolle, bisweilen cholerische Gewerkschaftsführer der Bau- und Holzarbeiter eine ganz andere Sprache als die eher betulichen, manchmal schlafmützigen hof- und ministerialrätlichen Amtsträger des Administrationsdienstes. Ein letzter Grund dafür sei nicht unterschlagen: Auch wenn Franz Olah als Innenminister höchst umstritten war: seine Verdienste um die Eigenstaatlichkeit Österreichs sind über alle politischen Grenzen hinweg anerkannt.

NUR KEINE ÄNDERUNG

Als neuer starker Mann trat Gewerkschaftspräsident Franz Olah im März 1963 in das Kabinett Gorbach ein. Seine Härte hatte sich schon in den monatelangen Koalitionsverhandlungen angekündigt, als er knapp vor Weihnachten 1962 der ÖVP erklärte, daß für die „Schwarzen" das Außenministerium „nicht am Christbaum" hänge. Olah setzte sich durch und Kreisky blieb Außenminister. Ähnlich forsch ging er seine neue Aufgabe im Innenministerium an. Oft stand er schon vor 8 Uhr in der Portierloge der Herrengasse, um aufzupassen, wer von den Ministerialbeamten zu spät komme, da er ahnte, daß bei seinem Vorgänger, dem rundlichen und gemütlichen „Beppo" Afritsch, ein gewisser Schlendrian eingerissen war.
Ein altgedienter Ministerialrat aus dem Präsidium hatte die langjährige Gewohnheit, erst zwischen 9 und 10 Uhr seinen Schreibtisch aufzusuchen. Hämisch fragten ihn nun seine Kollegen, ob er unter dem neuen Minister nicht auch früher aufstehen müsse?
Ungerührte Antwort des Präsidialisten: „So lang wird der net da stehn, wia i z'spät kumm!"

HOCHTOURIG

Als Olah einmal zu Fuß das Ministerium verließ, bog ein Porsche der Gendarmerie rasant in die Einfahrt und fuhr Olah über die Spitze des rechten Schuhs, so daß man das Reifenprofil sehen konnte. Der Minister brüllte, weniger aus Schmerz, sondern weil der Fahrer die Geschwindigkeitsbeschränkung nicht eingehalten hatte. Am Steuer saß Oberst Hock, Referent für Kraftfahrwesen bei der Gendarmerie. Olah: „Des ham S' ma des letzte Mal g'macht. I versetz Sie nach Vorarlberg. Da ham S' kan Porsche!"
Der Oberst ungerührt: „Herr Minister, an Porsche kann man nur hochtourig fahren!"

BLOSSER NEID

1963 kam der saudiarabische König Ibn Saud das erste Mal für einige Monate nach Österreich, um sich bei Professor Fellinger seinen haremsgeschwächten Corpus für künftige Strapazen aufmöbeln zu lassen – später tat er dies noch öfter und in kürzer werdenden Abständen.
Der Monarch nahm mit seinem Gefolge Aufenthalt in einer Patriziervilla in der Hinterbrühl bei Mödling. Nun verschafft jeder Aufenthalt eines ausländischen Potentaten den zuständigen Behörden – der Polizeidirektion Wien und der Sicherheitsdirektion für Niederösterreich – Hochbetrieb; in diesem speziellen Fall eines orientalischen Monarchen mit großem Gefolge noch weit mehr. Da galt es nicht nur die Residenz des Königs zu bewachen; vor allem ließen es sich die zahlreichen Prinzen nicht entgehen, so oft wie möglich von der Hinterbrühl in die Wiener City eskortiert zu werden, um das für gläubige Moslems damals noch recht tolle Nachtleben dieser Stadt auszukosten. Der Nabob aus dem Orient ließ sich nicht lumpen und verteilte vor seiner Abreise an alle Beamten – ob in Zivil oder in Uniform –, die für seinen persönlichen Schutz und den seines Gefolges gesorgt hatten, schöne Geschenke (meist mehr oder weniger wertvolle Uhren – dem Rang entsprechend). Unter den Beschenkten befand sich selbstverständlich auch Wiens Polizeipräsident Josef „Joschi“ Holaubek. Diese „Beschenkungsaktion“ fand der damalige Innenminister Franz Olah, der erst nachträglich davon erfahren hatte, nicht den republikanischen Grundsätzen entsprechend und ordnete an, daß alle Beamten, die eine Uhr erhalten hatten, diese abzuliefern hätten: zur Rückgabe an Ibn Saud. Holaubek quittierte die ungewöhnliche Aktion seines Parteifreundes Olah mit folgenden Worten: „Dös hat der Franzl doch nur deshalb g'macht, weil er selbst keine Uhr kriegt hat!“

RAYON UND KOAT

DIE POLIZEI

Es war ein weiter Weg vom Filzhut mit Roßhaarbusch über die Pickelhaube zur Tellermütze, zum Barett der Alarmabteilung und zum „Kranich". Der Säbel, einst (bis in die Erste Republik) eine recht ansehnliche, aber auch gefährliche Waffe, ist heute gänzlich verschwunden. Der Gummiknüppel, früher Holzknüppel, ist, wenn auch wenig populär, doch weit harmloser – zumindest für den, den er nicht trifft.

Die Polizei der Gegenwart ist in einem doppelten Dilemma. Obwohl längst unbestritten ist, daß es keine polizeiliche Lösung für politische Probleme gibt, muß sie dennoch für die Versäumnisse der Politik den sprichwörtlichen Schädel hinhalten. Dazu kommt, im Zeitalter des Molochs Auto, die latente Gegnerschaft zwischen Verkehrsteilnehmern und Exekutive. Was in den Augen vieler Mitbürger den „Freund und Helfer" dieses Titels beraubt, ist die Aufgabe, Geld für politische Finanzfunktionäre einzutreiben.

P. S. Wußten Sie, daß der Slogan: „Die Polizei dein Freund und Helfer" von niemand anderem als Heinrich Himmler kreiert worden ist?

DER „JOSCHI"

Josef Holaubek hat die höchste Stufe des republikanischen Adelsprädikats verliehen bekommen. Müssen Politiker und Künstler schon überaus populär sein, bis man den Vornamen wegläßt und ihnen das Prädikat „die" oder „der" verleiht, ist es bei Josef Holaubek umgekehrt. Schon bei der Nennung des Rufnamens „Joschi" denkt jeder an den langjährigen Wiener Polizeipräsidenten.
Was macht die Popularität, aber auch den Respekt vor Josef Holaubek aus? Da war einmal sein Mut gegenüber den sowjetischen Besatzern: „Warum soll ich Angst haben? Kein Kommunist kann mir nachsagen, daß ich 1934 auf Arbeiter geschossen oder in der Dollfuß- und Schuschnigg-Ära die Demokratie unterdrückt habe – im Gegenteil." Da war sein Gespür für Menschen und seine offene Sprache nach unten und nach oben. Und schließlich sein Blick für das Machbare: „Meine Juristen sagen mir immer nur, was i net machen darf, aber nie, was ich machen soll!"
Längst bevor das Wort Public Relations in Europa geläufig war, agierte Holaubek wie aus dem Lehrbuch der Öffentlichkeitsarbeit. Dabei hielt er doch auch gekonnt Distanz, und es gibt Augenzeugen, die behaupten, er habe natürlich nicht gesagt: „Ich bin's, d e i n Präsident!", sondern sehr wohl „Ich bin's, d e r Präsident!" Dementiert hat er das populäre „dein" nie.

SOZIALISTEN UNTER SICH

Holaubeks erster Präsidialchef, quasi der oberste juristische Berater des Polizeipräsidenten, war ein überaus genauer Mann – was seine Dienstzeit betraf. Pünktlich um 8 Uhr betrat er die Polizeidirektion am Parkring, um sie kurz nach 16 Uhr wieder zu verlassen. Holaubek, der gerne lange Mittagspause machte, da er ja viele Kontakte zu pflegen hatte, kam verspätet ins Büro, als sich Hofrat Koneiser anschickte, das seine zu verlassen. „Joschi" fauchte ihn an: „An Präsidialchef, der wie a Maurer geht, brauch i net!"

Der Kritisierte packte die Gelegenheit beim Schopf: „Ich will ohnedies ins Verkehrsamt. Überlegen S' sich das, Herr Präsident."

Grollend zog Holaubek ab.

Wenige Tage später meldete sich der Hofrat bei seinem Chef: „Herr Präsident, Sie sind ein Sozialist."

Holaubek: „Was fragen S' so an Bledsinn, natürlich bin i a Sozialist. Waaß eh a jeder!"

Der Hofrat: „Ich bin auch Sozialist! Sozialisten haben immer für eine geregelte Arbeitszeit gekämpft."

Holaubek gab nach. Einige Monate später bekam Hofrat Koneiser einen ruhigeren Posten.

FINGERABDRÜCKE

In einem Geschäft in Ottakring wurde am hellichten Tag ein Raubüberfall verübt. Der Besitzer wollte sich wehren; die Räuber erschossen ihn kaltblütig. Damals war es üblich, daß bei größeren Verbrechen, zum Beispiel Mord, der Polizeipräsident sofort zu verständigen war. Holaubek, der sich zufällig im Nachbarbezirk aufhielt, war daher einer der ersten am Tatort. Wenig später machten sich die Spezialisten vom Sicherheitsbüro an die Arbeit. Sie fanden zahlreiche Fingerabdrücke. Alle waren vom Präsidenten.

P. S. So wurde es uns zumindest erzählt.

LAUTER WIENER

Anläßlich des zweiten Besuches von Ministerpräsident Nikita Chruschtschow in Wien wurden die Kriminalbeamten noch durch zwei Kompanien Sicherheitswache in Zivil verstärkt, die rund um das Hotel Imperial – die Residenz des Staatsgastes – Dienst versahen.
Eines Tages kam der sowjetische Ministerpräsident heraus, bestieg jedoch nicht seinen Wagen innerhalb des bereitstehenden Konvois, sondern ging schnurstracks in die Fußgängerpassage bei der Opernkreuzung. Dort gab es für die Photographen kräftiges Händeschütteln, und Chruschtschow begrüßte viele Bürger. Als Präsident Holaubek die Filme und Photos der Dokumentationsgruppe der Wiener Polizei durchsah, war er sehr erleichtert, feststellen zu können, daß 70 Prozent der Wiener, denen der hohe Gast die Hand geschüttelt hatte, Sicherheitswachebeamte in Zivil gewesen waren.

DAS WAR SCHON ALLES DA

Als der Regierung Kreisky wieder einmal mit Bauerndemonstrationen gedroht wurde, schmunzelte der damalige Polizeipräsident Josef Holaubek und sagte: „Das war schon alles da. Mit den Bauern hat schon der Klaus, als er noch Kanzler war, zu raufen g'habt. Aber als damals die 700 Traktoren nach Wien zur Demonstration am Ballhausplatz gerollt sind, haben wir ein ganz simples Mittel praktiziert, um die Demonstration zu beenden. Z'Mittag nämlich sind die Bauern samt und sonders in die Wirtshäuser der Umgebung verschwunden. Die Traktoren ham's stehen lassen, die hat derweil die Polizei bewachen müssen. Da hab ich kurzerhand meine Leut' in die Wirtshäuser g'schickt und den demonstrierenden Bauern sagen lassen: „Leitln, wann's mehr als a Viertl trinkt's, dann seid's den Führerschein los."
Worauf die wackeren Demonstranten prompt mit ihren Traktoren abdampften.

DIE ZURÜCKWEISUNG

Holaubek war selbstverständlich bei allen wichtigen Matches im Praterstadion anzutreffen, obwohl er wenig vom Fußball verstand, mehr schon von der Publicity. Wien war damals noch eine Fußballhochburg, und die Begeisterung drohte oft überzuschäumen.
Doch selbst mitten in der kochenden Volksseele hielt der populäre Präsident gekonnt Distanz. Als ihm einmal ein Stänkerer zurief: „Joschi, geh' scheißen!", antwortete Holaubek ungerührt: „Sie, her'n S', werden S' net persönlich!"

DER ALTE DAIMLER

Das erste Dienstfahrzeug des frischgebackenen Polizeipräsidenten Josef Holaubek war ein noch gut erhaltener Wagen aus der Vorkriegszeit.
Als er einmal beim Allgemeinen Krankenhaus vorbeifuhr, winkte ein gutgekleideter Herr aufgeregt. Der Präsident ließ den Chauffeur anhalten, weil er dachte, daß der Herr vielleicht ein Spitalsbett brauchen könnte. Das war aber nicht der Fall. Er wollte nur seinen Wagen wiederhaben.
Der alte Daimler (entweder ein Beutefahrzeug oder requiriert oder sogar gestohlen) war dem Präsidenten als Dienstfahrzeug zugewiesen worden. Am nächsten Tag bekam ihn der rechtmäßige Besitzer wieder.

JOSCHIS ERBEN

Holaubeks Taktik, vor allem im „heißen“ Jahr 1968, lautete folgendermaßen: „Taktik ist schön, einschreiten ist schön, Gesetz ist schön, besser ist, wir reden z'erst!“ Dieser „Wiener Weg“, von seinem Nachfolger Karl Reidinger konsequent fortgesetzt, hat Österreich und Wien im speziellen manchen Ärger erspart, den andere Stadtverwaltungen in Paris, Frankfurt, Zürich oder Berlin mit ihrer ungestümen Jugend hatten. Was die Popularität betrifft, konnte bisher keiner seiner beiden Erben auch nur annähernd an „Joschi“ herankommen.

DER BRENNENDE PRÄSIDENT

Reidinger ist leidenschaftlicher Pfeifenraucher. Den Umzug von der alten Polizeidirektion am Parkring in das neue (weit weniger stilvolle) Gebäude am Schottenring überwachte er persönlich. Plötzlich raste die Feuerwehr heran und stürmte an Reidinger vorbei ins neue Gebäude. Trotz intensiver Suche konnte kein Brandherd gefunden werden. Als sich der Einsatzleiter der Feuerwehr bei Reidinger abmeldete, wurde ihm plötzlich der Grund für den Feueralarm klar: Der pfeifenrauchende Polizeipräsident war die ganze Zeit unter einem Brandmelder gestanden.

HOFNAGL 89

FALSCHER UMGANG

Der Chefredakteur einer Diplomatenpostille, also eines illustrierten Blättchens, in dem vor allem bei diversen Cocktails und Empfängen geschossene Photos abgedruckt sind, feierte Geburtstag. Um möglichst viel (echte und falsche) Prominenz um sich zu scharen, lud er auch Wiens Polizeipräsident Karl Reidinger ein, der am selben Tag Geburtstag hatte, und wies die Eingeladenen dezent darauf hin. Dementsprechend „illuster" war die Gästeschar.
Als Reidinger am nächsten Morgen die Zeitung aufschlug, mußte er zu seinem größten Erstaunen folgende Schlagzeile lesen: „Polizeipräsident feiert Geburtstag mit Rotem Heinzi!" Zur Erläuterung für diejenigen Leser, die sich – was wir ihnen kaum verargen können – in der Wiener Unterwelt nicht so genau auskennen: Der „Rote Heinzi" – so genannt wegen seiner rotblonden Haare und nicht etwa wegen einer Parteimitgliedschaft –, Heinz Bachheimer mit bürgerlichem Namen, galt damals als einer der heimlichen Könige der Unterwelt, was er stets entrüstet von sich wies.
Reidinger griff wütend zum Telefon und fauchte den Verfasser des Artikels an: „Wos schreiben S' do für an Bledsinn. I kenn den net amol!"
Schlagzeile des nächsten Tages: „Polizeipräsident kennt nicht einmal Unterweltkönig von Wien!"

DIE KAPSELPRACKER

Der „Rote Heinzi" sollte noch Reidingers Nachfolger Günther Bögl reichlich Kopfzerbrechen bereiten. Diesmal war's umgekehrt: der mutmaßliche König der Unterwelt feierte selbst Geburtstag. Michael Jeannée schrieb darüber folgende köstliche Reportage:
Mittwoch nachts, Prater, Restaurant „Zum Lusthaus": Der Mutmaßliche feiert seinen Fünfziger. Bei Shrimps, Kalbsvögerln, Speckfisolen, Ziegenkäse, Lachs, Schweinsbraten, Erdbeerparfait und Champagner, mit Kollegen aus Hamburg, Köln, Frankfurt, Berlin und Nizza, sowie

(mutmaßlichen?) Freunden aus der lokalen Hautevolee. Plötzlich, mitten im schönsten Schmausen, ein Schrei in der Nacht (mit Hamburger Akzent): „Au Backe, die Bullen kommen!“ Sekunden später wird der Schreckensruf in breitem Ottakringerisch bestätigt: „I wer narrisch. De Kapselpracker!“ Wie auch immer, Bullen oder Kapselpracker: An die siebzig Polizisten mit Hunden und Panzerwesten umstellen und stürmen das Lusthaus. Ein Offizier in voller Wichs grapscht sich das Mikrophon und verkündet: „Das ist eine richterlich genehmigte Polizeiaktion. Keiner verläßt das Lokal!“

Zeitzeuge Franz Antel: „I hab glaubt, i bin in an Antel-Film. Frauen haben gekreischt. Man hat uns perlustriert, die Nationale aufgenommen. Bitte, mich ham's natürlich gekannt. Aber zum Beispiel der Graf Czernin hat keinen Ausweis gehabt. Ich habe selbstverständlich für ihn gebürgt. Trotzdem: Peinlich das ganze. Höchst unangenehm.“

Zeitzeugin Christine Schubert: „Auf's Klo hab i net dürfn. Dann ham's mein Auto durchwühlt und vorn im Handschuhfach ein Blechschachterl gefunden. Fishermen's friend, Mentholzuckerl. Waaßt eh, wenn i wos trunken hab. ‚Aha‘, hat der Kiberer g'sagt, jetzt hama di – Koks!‘ Und hat einibißn ins Zuckerl. Und dann a dumm's G'sicht g'macht. Aber der Abend war hin. I hab nur mehr Kaffee und Sodawasser getrunken. Glaubst, i laß mi erwischen von die Kiberer?!“

Zeitzeuge Charly, mutmaßlicher Bugl (Leibwächter): „Photographiert ham's, die Häh. Bin i hingangen zu dem Kiberer-Knipser und hob g'sogt: ‚Herst, Oida, mi brauchst net obüdln, wäu i bin in dein Archiv von vurn, von da Seit'n und von hint'n.‘ Hot der bled g'schaut.“

Zeitzeuge Heinz Bachheimer himself: „Net amol beim Essen hot ma sei Ruah.“

Nach drei Stunden ist der Einsatz vorbei, die Beamten ziehen ab. Ausbeute der „Unbestechlichen“: eine großkalibrige Pistole, vier Springmesser, kein Koks. Kommentar aus dem Sicherheitsbüro: „Ein Schlag ins Wasser. Ein Zund, der keiner war. Schade.“

Wien ist anders. Gott sei Dank.

DER „LUNGENPETER“

Dr. Oswald Peterlunger, neunzehn lange Jahre Chef der Wiener Staatspolizei – vor allem während der schwierigen Nachkriegsjahre – und dann noch weitere zehn Jahre als Generaldirektor für die öffentliche Sicherheit der ranghöchste „Polizisten-Gendarm“ Österreichs, war – um nicht das abgegriffene Wort legendär *zu strapazieren – eine prägende Persönlichkeit. Der „Lungenpeter“, wie er von seinen Beamten genannt wurde, galt als undurchschaubar, ja geradezu sphinxhaft, allwissend (was er geschickt zu nähren wußte) und – mutig. Der spätere Wiener Polizeipräsident Dr. Karl Reidinger machte unter Peterlunger seine ersten „Gehversuche“ bei der Staatspolizei und erinnert sich an einen typischen Vorfall aus der Besatzungszeit:*

„Da haben wir einen Kollegen gehabt, der war für die Russen buchstäblich ein ‚rotes Tuch‘. Eines Tages hörten wir, er sei von der Militärpolizei verhaftet worden, und sahen ihn im Geist schon in Sibirien. Aber wir hatten nicht mit Peterlungers Courage gerechnet . . .“
Der verhaftete Staatspolizist saß gerade beim Verhör in der Kommandantura an der Bellaria, als sein Chef Peterlunger an den verdutzten sowjetischen Posten vorbei ins Zimmer stürzte, seinen Staatspolizisten rüde anbrüllte, beschimpfte und schließlich mit den Worten: „Und jetzt schauen Sie, daß Sie hier verschwinden, ich will Sie nicht mehr sehen!“ hinauswarf. Der Staatspolizist knallte die Hacken zusammen und rannte aus der Kommandantura – in die Freiheit. Nicht daß der sowjetische General Borejko, wenn auch zu spät, das Manöver Peterlungers nicht durchschaut hätte. Immerhin bewies er so etwas wie Sportsgeist: „Diesmal haben Sie mich überlistet“, sagte er zu seinem Gegenspieler, „aber so etwas machen Sie mir nicht wieder!“
Peterlunger nickte zufrieden, verabschiedete sich korrekt und ging, wie immer undurchsichtig lächelnd, ab.

ZAHLENSPIELE

Der „schwarze" Peterlunger überwachte mit seinen Staatspolizisten selbstverständlich auch den jährlichen Aufmarsch der Wiener Sozialisten am 1. Mai. Zwei Kriminalbeamte hatten die beiden Marschkolonnen, die sich über den Ring auf das Rathaus zu bewegten, zu beobachten und vor allem die Zahl der Teilnehmer festzustellen. Da das Wetter mies war, setzten sich die zwei „Kiberer" ins Café Landtmann und gaben ihre Schätzungen aus der „Auslage" ab.

Peterlunger, stets mißtrauisch, überprüfte die Angaben seiner Leute ständig mit denen der uniformierten Sicherheitswache. Das wurde einem höheren Polizeioffizier lästig, und er gab Phantasiezahlen durch, zum Beispiel 177 geschmückte Kinderwagen. Peterlunger ungerührt am Telephon: „Ja, die haben wir auch." Was er seinen „Kaffeehauspolizisten" sagte, wissen wir nicht.

ZUVORGEKOMMEN

Zu den stehenden Redewendungen Peterlungers gehörte der Satz: „Danke, hab ich schon gehört." Das entsprach ganz dem Stil des obersten Staatspolizisten, bei dem man nie wußte, hatte er wirklich einen ständigen Informationsvorsprung oder wollte er einen nur prüfen.

Als „Joschi" Holaubek eines Tages, aus dem Nahen Osten kommend, in Schwechat eintraf (er war ja auch Weltpräsident aller organisierten Feuerwehrmänner), war er bei einer Zwischenlandung am Flughafen Belgrad Zeuge einer Schießerei geworden. Peterlunger erwartete seinen Präsidenten, und bevor Holaubek noch von dem Überfall erzählen konnte, war ihm der Generaldirektor schon mit seinem „Danke, hab ich schon gehört" ins Wort gefallen.

DIE STAPO

Die ist so geheim, daß wir alle Erzählungen in anderen Kapiteln versteckt haben.

DER „STRUPPI"

Es gibt in der langen Tradition der Sicherheitswache viele Persönlichkeiten, die es wert wären, besonders genannt zu werden. Warum wir gerade General Hermann Hufnagl herausgreifen, hat zwei Gründe: Zum einen hat er selbst und haben andere über ihn viele heitere Episoden zusammengetragen; zum anderen ist er ein begnadeter Zeichner und hat manche Anekdote in diesem Büchlein treffend karikiert. Wieso er übrigens „Struppi" heißt – no, das ist gleich die erste Episode: Hufnagl ging eines Samstags, weil sein angestammter Friseur krank war, zu einem ihm unbekannten „Meister" der Zunft. Daß das Geschäft völlig leer war, fiel ihm nicht weiter auf. Montags darauf sollte er den Grund erfahren: als er seinem Vorgesetzten, General Lehmann, unter die Augen kam, war der über die „Frisur" seines Untergebenen so entsetzt, daß er ihn seitdem „Struppi" nannte.

DEITSCHE SPRACHE

Auch siebzig Jahre nach dem Untergang des Vielvölkerstaates Österreich-Ungarn liest sich ein Wiener Telephonbuch noch wie die Ausgabe aus Prag, Brünn oder Preßburg. Lesern von „Roda Rodas Erben" ist sicher noch die köstliche „Wortparade" in Erinnerung, die Otto Vymetal über die Salzburger Offiziere des Bundesheeres schrieb: „In ihrem Lager ist Österreich". Nicht viel anders geht und ging es bei der Wiener Polizei zu, wie uns General Hermann Hufnagl berichtet:

Leiter der Aufnahmestelle bei der Polizeidirektion Wien war ein gewisser *Formanek.* Den ersten Tag im Polizeidienst stand ich unter dem Kommando eines Beamten, der bis 1938 *Swatosch* geheißen hatte. In der Polizeischule wurde ich vom Revierinspektor *Swoboda,* dem zwei Assistenten mit Namen *Stodulka* und *Semrad* zur Seite standen, auch in Deutsch unterrichtet. Geprüft wurde ich von den Stabsrittmeistern *Zwolanek, Bily* und *Slunsky.*
Im Wachzimmer Bechardgasse geriet ich unter das Wachkommando des Bezirksinspektors *Blaha,* der Abteilungskommandant hieß Wenzel *Kremenak* und sein Stellvertreter Crommer, vormals *Czech.*
Beim Dienstantritt erklärte mir der Wachkommandant *Blaha,* nachdem er mich nach meinem Beruf gefragt hatte: „Wenn ich schon Student here, bin ich ang'fressen. Kennen tun's nix, aber wissen olles besser. Wissen S' was, sagen S' dem Abteilungskommandanten, Sie wollen wieder austreten."
Als ich nach den ersten drei Stunden Außendienst einrückte, hatte ich eine Verkehrsunfallsmeldung für den Rayonsinspektor *Nesnidal* zu schreiben.
Mit den Worten: „So geht's nicht aufi" reichte er mir das Papier zurück, ohne daß ich den Grund für die notwendige Neutextierung erfuhr. Auch meine Neufassung fand keine Gnade.
„Schaun S', Herr Student", eröffnete mir der Wachkommandant, wobei er mir über den Rand der Augengläser tief in die Augen blickte. „Jede Meldung beginnt mit dem Satz: Zur o. a. Zeit und Ort – und dann kommt, was passiert, klar? Und so schreiben S' die Meldung!" Ich meinte bescheiden, daß die „Zeit" weiblichen und der „Ort" männlichen Geschlechtes seien und daher nicht gemeinsam nur einen Artikel haben könnten, weil . . .
Weiter kam ich nicht, denn dann warf mir *Blaha* alles an den Kopf, was er von Studenten hielt – „Nix kennen, aufmüpfig, besser wissen, schreibe seit vierzig Jahren immer so, und so weiter . . ."
Als Hufnagl schon höherer Polizeioffizier war, hatte er Gelegenheit, in seine Konduite – eine geheime Beschrei-

bung – Einsicht zu nehmen. Er fand dort eine Eintragung aus seinen ersten Tagen bei der Polizei:

Obwohl keinen Beruf erlernt, Besserwisser, Querulant, gegen Vorgesetzte aufmüpfig, katastrophales Deutsch, Belehrung zur Verbesserung der Sprachkenntnisse absolut unzugänglich.

gez.: *Blaha,* BezI.
einverstanden: *Kremenak*
Stabsrittmeister
f. d. R. d. A.: *Tschotschuchei*
AbtKanzlei

AMTLICH GEPRÜFT

Nicht allen unseren Lesern wird noch der Begriff „Bezugsschein“ geläufig sein. Bezugsscheine sind ein Instrument der Kriegs- und Mangelwirtschaft und halfen nach dem Zweiten Weltkrieg mit, die wenig erzeugten Güter halbwegs gerecht auf die notleidende Bevölkerung aufzuteilen.

An der Türe des Wachzimmers Bechardgasse im 3. Bezirk, auch Landstraße genannt, klopfte es mehrmals schüchtern. Auf das „Herein“ trat ein für die damaligen Verhältnisse molliges, etwa dreißig- bis fünfunddreißigjähriges Weiblein mit dicken Augengläsern ein und wollte den Referenten Hufnagl sprechen:

„Der Wachmann am Radetzkyplatz hat g'sagt, der Referent Hufnagl gibt Bezugsscheine für Wäsche aus“, brachte es schüchtern heraus.

„Ich gebe zwar die Bezugsscheine nicht aus, von mir bekommen sie aber eine Befürwortung, und mit der gibt's dann am Magistratischen Bezirksamt die Bezugsscheine“, belehrte der spätere Polizeigeneral die Frau, schrieb den Wunsch auf ein Blatt Papier, hauchte mehrmals die Wachzimmerstampiglie an und knallte schließlich den Hoheitsstempel auf den Wisch.

Am nächsten Tag, gegen 11 Uhr, ließ der Abteilungskommandant, Major Kremenak („Deitsche Sprache“) Hufnagl zum Rapport bestellen:

„Sie Drecksau, haben S' den Zettel geschrieben? Sie Schwein, Sie dreckiges. Der Bezirksvorsteher war bei mir und hat gesagt, solchenes laßt er sich nicht gefallen, schon gar nicht von an Wachmann. Jetzt gengan S' zum Bezirksvorsteher und entschuldigen S' Ihnen, Sie dreckiger Mensch."

Darauf knallte er die Bestätigung, von Hufnagl im schönsten Amtsdeutsch (das er in den ersten Wochen seines Polizeidienstes von den Vorgesetzten Nesnidal und Blaha gelernt hatte) verfaßt, auf den Tisch. Sie lautete:

Betr.: Bez. Schein für D. U-Hosen

An die
löbliche Abteilung für Bezugsscheinwesen des Mag. Bez. Amtes für den 3. Wiener Gemeindebezirk
Borromäusplatz 3
Fräulein Maria Winter, geb. 7. 8. 1912 in Wien, led., r. k., bei ihrer verw. Mutter, Katharina, Private, in Wien 3. aufhältig, benötigt dringend eine Unterhose nebst selbigem Wechselexemplar. Dies ergab ein h. amtlich durchgeführter Augenschein.

gez. Hufnagl, prov. Wachmann

DER ÜBERSETZER

Der Negus, Kaiser Haile Selassie von Äthiopien, hatte Österreich einen offiziellen Besuch abgestattet. Vom üblichen Ordensregen orientalischer Potentaten war auch ein „Tropfen“ – der Stern von Judäa – auf den Kommandanten des 1. Bezirkes, Oberst Slunsky, Vater des bekannten Rechtsanwaltes, gefallen. Das entsprechende Dekret auf Pergament in Amharisch sollte Slunsky gesondert überreicht werden. General Lehmann beauftragte damit seinen Adjutanten Hufnagl, später ebenfalls General, ob seines hintergründigen Humors bekannt, oft auch gefürchtet.
„Soll ich übersetzen?“ fragte Hufnagl schmunzelnd.
„Kannst du Amharisch?“
„Bescheidene Schulkenntnisse, wenn es gestattet ist – Freigegenstand in der Volksschule“, antwortete H. hinterlistig. Der General schmiß ihn lachend hinaus; Hufnagl machte sich ans „Übersetzen“. Und so sah dann das „Produkt“ aus:
Seine kaiserliche Majestät
Haile Selassie
Referat für Verdienste um das Reich

Addis Abeba, am . . .

Herrn Oberst
Johann Slunsky
1010 Wien

Lieber Ras (Fürst)!
So sei fürderhin Deine Anrede, oh leuchtender Stern von Judäa, den ich Dir, mein Ras, hiermit auch schriftlich um Deinen starken Nacken hefte, auf daß Du mit flammendem Schwert auch weiterhin ein starkes Bollwerk Äthiopiens gegen die feindlichen Brandungen sein mögest.
Oh, mein Ras Johann, so es Deine Zeit erlaubt, besuche mich – ein Flügel meines Palastes mit dem nötigen Gesinde steht für Dich bereit.
Nimm Deine Frauen und Söhne mit, auf daß Dir die Freuden noch vermehrt werden.
Ich harre Deiner,

in alter Freundschaft
Dein Haile

Für die Richtigkeit der amtlichen Übersetzung
Unterschrift (unleserlich)

Pergament samt Übersetzung gingen Slunsky auf dem Postweg zu; als er das Schreiben las, überkam ihn die Rührung. Er zeigte es sofort voll Stolz seinem Stellvertreter, Oberstleutnant Steiner, einem Sudetendeutschen, den er sonst nicht leiden konnte. Dieser meinte nur: „Der Negus, wie er leibt und lebt", und verzog keine Miene.
Auch die anderen Offiziere und Kanzlisten lobten den Großmut des Herrschers und fragten höchst scheinheilig, ob er weiterhin als Oberst oder vielleicht, was ja sein könnte, als Ras oder Fürst angesprochen zu werden wünsche, bis Slunsky auf den Stadthauptmann Dr. Spandl stieß, der das Lachen nicht mehr zurückhalten konnte.
Da fiel es dem Oberst wie Schuppen von den Augen, und tobend verlangte er vom Generalinspektor den Kopf des Übeltäters. General Lehmann rief sofort nach Hufnagl, hielt ihm die Übersetzung hin und fragte:
„Kennst das?"

Der Dirigent

Die Dienstnummer

„Sehr wohl, Herr General, aber wie ich mir schon zu vermelden erlaubte, sind meine Kenntnisse in Amharisch nur volksschulmäßig . . . sehr mäßig.“

Im Beisein des Obersten entlud sich über H. ein Donnerwetter, wie er es noch nicht erlebt hatte. Slunsky ging befriedigt. Kaum hatte der Oberst das Büro des Generals verlassen, begann dieser schallend zu lachen. Dann wurde er wieder ernst und meinte zu Hufnagl:

„Aber mit einem alten Oberst macht man so etwas nicht, verstanden!“

HOFRÄTE UND ANDERE WÜRDENTRÄGER

Das äußere Bild der Polizei ist für den Bürger nicht einfach zu durchschauen. Da gibt es die Konzeptsbeamten, die Juristen, ab Mitte vierzig meist Hofräte, die fast immer in Zivil gehen und nur an „Feiertagen" ihre Uniform mit viel Gold am Kragen und breiten violetten Streifen (Lampassen) an den Hosen tragen. Dann die Offiziere der Sicherheitswache – vom Leutnant bis zum Oberst –, darüber den Polizeigeneral, und schließlich den kriminalpolizeilichen Dienst, wiederum getrennt in Konzeptsbeamte und (meist Zivil tragende) Polizisten. Diese offiziellen Rangunterschiede können viele Staatsbürger nicht beeindrucken: Für sie ist jeder Polizist – gleich welchen Ranges – ein „Inspekta".

TIROLER STOLZ

Während die Bundespräsidenten vor Rudolf Kirchschläger Wert auf entsprechende Betreuung durch die Exekutive legten, also gern mit Blaulicht und Motorradeskorte daherbrausten (und sich auch sonst von Uniformierten abschirmen ließen), gab der „Bundes-Rudi" bald nach seiner Wahl zu verstehen, daß er dieses „Brimborium" nicht wünsche. Im Heiligen Land Tirol überhörte man natürlich diese Signale und empfing den Bundespräsidenten bei seinem ersten Besuch in der Landeshauptstadt mit dem üblichen „Trara". Kirchschläger ging, nachdem er von den Honoratioren des Landes begrüßt worden war, schnurstracks auf Innsbrucks Polizeichef Hofrat Oberforcha zu und sagte unwirsch:

„Herr Polizeidirektor, ich will das nicht, schicken Sie die Leute meiner Bewachung weg, wir sind ja nicht in einem Polizeistaat!"

Während der Polizeichef noch recht verdattert dastand, trat, gütigen Blicks Eduard Wallnöfer dazu. „Walli", von dem jeder wußte, daß er von solchen neumodischen Ansichten nichts hielt und das militärische Gepränge seiner Schützen über alles liebte, nahm den Polizeidirektor beim Arm: „Oberforcha, jetzt hot a di urdentlich aus-g'schumpft. Tua da nix o, am Nachmittag is er nimma do!"

NÄCHTLICHE KONTROLLE

Hofrat Hans Pieringer, lange Jahre Polizeidirektor der Festspielstadt Salzburg, war noch ein Offizierstyp militanter Prägung, hatte er doch im Krieg bei der Waffen-SS gedient – ein Umstand, der ihm viele Scharmützel mit Teilen der Salzburger Presse einbrachte. Nach außen streng bis autoritär, zeigte er in seiner näheren Umgebung auch Verständnis bei kleinen menschlichen Schwächen.
So geschah es, daß der Fahrer des Polizeichefs auf einem Empfang einen lange nicht gesehenen Jugendfreund traf und vorschriftswidrig ein paar „Erinnerungsgläser" trank. Der Hofrat bemerkte die „Fahne", ließ seinen Chauffeur am Nebensitz Platz nehmen und setzte sich selbst ans Steuer. Nach kurzer Fahrt geriet Pieringer in eine Aktion „Planquadrat". Zwei junge Polizisten prüften die Papiere. Da hörte er den einen zum anderen sagen:
„Laß die zwa in Rua. Wenn der Chauffeur von dem Ang'soffenen schon a Hofrat is, muaß des a bsonders hohes Viech sein."

MISSVERSTÄNDLICHE ANFRAGE

Die schwedische Königin Silvia liebt bekanntlich die österreichischen Berge und vor allem Innsbruck, wo sie 1964 Olympiahosteß war. Bei einer offiziellen Visite Österreichs im Herbst 1979 reiste sie per Bahn in die Tiroler Landeshauptstadt. Bedingt durch größere Bauvorhaben und Kanalarbeiten war die direkte Route vom Bahnhof in die Maria-Theresien-Straße gesperrt; auch der Konvoi des Staatsgastes mußte über die Umleitungsstrecke fahren. Da es in diesen winkeligen Straßenzügen bereits zu Stauungen gekommen war, schickte der Innsbrucker Polizeidirektor Dr. Greitler einen ortskundigen „Motler" voraus, um die aktuelle Verkehrslage zu erkunden.
Per Funk fragte er: „Wie ist der Verkehr?"
Trockener Kommentar des Streifenpolizisten: „Um diese Zeit schwach!"

Kopfschütteln in der Einsatzzentrale. Erst viel später klärte sich der kryptische Funkspruch auf: Die Anfrage des Polizeidirektors hatte den Beamten auf Höhe der Innsbrucker Freudenhäuser in der Südbahnstaße erreicht. Und am frühen Vormittag ist dort noch kaum Betrieb . . .

DELIKATE BESCHWERDE

Zur Zeit, als Helene von Damm amerikanische Botschafterin in Wien war, erhielt die Beschwerdestelle der Wiener Polizeidirektion ein Schreiben, in dem behauptet wurde, daß die „Exzellenzia" ein Verhältnis mit Ronald Reagan habe. Wie jedes eingehende Schriftstück wurde auch dieser Brief beantwortet:
„Zur Frage, ob ihre Exzellenz, die Frau Botschafterin, mit dem Präsidenten der Vereinigten Staaten ein Verhältnis habe, kann hierorts nicht Stellung genommen werden, da zu Erhebungen der Angelegenheit vor Ort, von Seiten des Bundesministeriums für Inneres, keine Zustimmung erteilt wurde."

gez. Hölscher, Pol.Oberst

DIE WAHRHEIT

Das Dienstrecht für Beamte sah jahrzehntelang sehr ausführliche Beurteilungen der Untergebenen durch den Vorgesetzten vor. Was bei entsprechendem Rangunterschied meist ohne gröbliche persönliche Verärgerung ausging, wurde umso schwieriger, je geringer der Abstand nach Alter, Ausbildung und Dienststellung wurde.
Ein sehr lebenslustiger Hofrat der Wiener Polizei mußte von seinem Chef, ebenfalls ein Hofrat, nur halt ein höherer, schriftlich beurteilt werden. Sein Urteil las sich dann so:
„Der Beamte interessiert sich für alle Angelegenheiten des Lebens, mit Ausnahme der Polizei."
Der so in seiner Berufsehre verletzte Hofrat S. sprach beim

Präsidialchef der Polizeidirektion, Hofrat Hasenöhrl, vor. Der las die Beurteilung des Stadthauptmannes über S. und meinte trocken:
„Is ja wahr!"
„Ja schon", seufzte bekümmert der sonst so unbekümmerte S., „was muß er die Wahrheit schreiben, sonst lügt er ja auch."

ÖSTERREICHISCHE LÖSUNG

Besuch des schwedischen Königs in Österreich. Da die Botschaft in Wien nicht für eine repräsentative Gegeneinladung des Königs an seine republikanischen Gastgeber ausgerüstet war, brachte Carl Gustaf das königliche Tafelsilber samt königlichem Silberbewahrer aus Stockholm mit. Zur Bewachung des monarchischen Silbers hatte Hofrat Hejkerlik, Chef der Wiener Staatspolizei, zwei besonders verdiente Beamte abgestellt. Nach dem Conter-Diner im Palais Pallavicini – die Gäste waren bereits gegangen, die Kriminalbeamten verzehrten gerade Reste des köstlichen Mahls –, stürzte der königliche Tafelsilberbewahrer aufgeregt ins Hinterzimmer:
„I miss four spoons. They are stolen!"
„Langsam, langsam", stoppte einer der Kriminalbeamten den Aufgeregten, „jetzt wird amal g'essen!"
Ohne sich aus der Ruhe bringen zu lassen – der schwedische Hofbeamte flatterte weiter wie ein aufgescheuchter Vogel herum –, schmausten die beiden zu Ende.
Dann suchten sie den Direktor des Palais auf: „Wie viele Jugos san do beschäftigt?"
Der Direktor trommelte die ganze Küchenbrigade zusammen.
Unser Kriminalbeamter, Sohn eines Lohnschlächters aus St. Marx, der die Statur vom Vater geerbt hatte, hob an: „Paßt's auf!" Dann hob er einen Silberlöffel hoch, spreizte mit der anderen Hand vier Finger weg, steckte den Löffel in die Hosentasche und sagte bedeutungsvoll:
„Zapp, zarapp!"

Darauf schob er Hemd und Rockärmel zurück, zeigte auf seine Uhr, spreizte fünf Finger in die Luft, um zu zeigen, daß er ihnen fünf Minuten Zeit gebe. Dann wies er nach unten in den Hof und zog die Dienstpistole aus dem Halfter unter dem dunklen Anzug:
„Sonst . . . bumm, bumm bumm!“
Wortlos drehte er sich um und verließ die Küche.
Nach fünf Minuten lagen fünf Löffel auf dem gedeckten Tisch neben der Küchentür.

DER EINZIGE EINSATZ

Obwohl Wien – wie immer behauptet – zu den friedlichsten Großstädten der Welt zählt, wurden trotzdem am Parkring, dem früheren Sitz der Polizeidirektion, Überlegungen angestellt, wie man gegen eine Radikalisierung der Szene, die sich im Ausland schon ankündigte, besser gewappnet sein könnte.
Oberst Massak, der legendäre Waffenspezialist, Bombenentschärfer und Zünderbastler aus Leidenschaft, wurde beauftragt, einen Wasserwerfer zu bauen – mit möglichst großem Tank. Ergebnis: das grüne Ungetüm konnte nur in

der Prater Hauptallee seine Probefahrten machen, da es für die meisten kanalisierten Straßen Wiens zu schwer war.
Im Hof der Roßauer Kaserne wurde dann das Prachtgerät einer staunenden Öffentlichkeit vorgestellt. Um zu beweisen, daß man damit Demonstranten in die Flucht schlagen könne, wurde der Wasserstrahl auf ein mobiles Verkehrszeichen, verankert in einem Betonsockel, gerichtet. Während die Rohre auf das „Objekt" geschwenkt wurden, schaltete sich der Werfer ein – warum, ist nie geklärt worden – und duschte alle Ehrengäste, von Minister Rösch bis zum Generaldirektor für die öffentliche Sicherheit, Peterlunger.
Das blieb der erste und letzte Einsatz.
P. S. Versuche, den Wasserwerfer den Niederösterreichischen Feuerwehren anzubieten, etwa um Wiesenbrände bei Panzerschießen am Bundesheerübungsplatz Allentsteig zu löschen, scheiterten. Massaks „Wasserbombe" versank nämlich voll aufgetankt im Gelände und mußte von einem Bergepanzer des Bundesheeres herausgezogen werden.

DER FUND

Verdächtig ruhig war's an diesem Samstagvormittag auf dem Polizeisprechfunkkanal der südlichen Wiener Bezirke. Die „enteren Gründe" von Favoriten hängen da dran, und die um nichts besseren der rauhen Nachbarbezirke.
Ab und zu eine Routinedurchsage: „Konrad 2 kurz unbesetzt . . .!" „Julius 4 . . . eine Kraftfahrzeugfahndungsanfrage!"
Das südliche Wien schien zu schlafen, tief und fest, und kaum ein Polizist, der einen eher kontemplativ verlaufenden Wochenenddienst nicht schätzt . . .
Aber dann war da dieses Krächzen in den Ohren derer, die den kargen Funkverkehr abhörten, und die Stimme, die mit südländischem Akzent für erfrischende Abwechslung sorgte:

„Då Polizei sprechta?“
Aufmerksamkeit am Kanal. Ein Spaßvogel, der den langweiligen . . .
„Polizei sprechta? Då is jugoslawisch Årbeiter von Siedbahnhof sprechta. Håb' g'funden Funkkast'l! Holta ab, bitte!“
Binnen weniger Sekunden die hochrangig-mahnende Stimme, die auf Einhaltung der Sprechdisziplin und Unterlassung blöder Scherze nachdrücklich hinwies. Und das Gelächter aller am Funk sitzenden Beamten des südlichen Sektors, die Tränen in den Augen hatten ob des genialen Einfalls eines Kollegen, der schon so früh am Morgen für derartige Späßchen aufgelegt ist!
Köstlich, wirklich köstlich!
Man rätselte herum, wer der Spaßvogel sein könnte, bis sich etwa zehn Minuten später die gleiche Stimme wieder meldete:
„Nicht måchta Spaß! Hier jugoslawische Årbeiter von Siedbahnhof! Håt Polizei g'måcht Planquadrat letzte Nåcht in Siedbahnhof und vergessen Funkkast'l in Waggon!“
Die Sprechdisziplinmahnung blieb diesmal aus. Sie blieb auch aus, als der vermeintliche Spaßvogel präziser wurde:
„Schickt Wagen, holt bitta åb! – Kast'l håt vergessen euer Kollega mit rote Kappl!“

WARUM AUSGERECHNET MISTELBACH

Wie kommt eigentlich Mistelbach dazu, für Generationen von Wiener Polizisten den Spottnamen „Mistelbacher" abzugeben?
Darüber gibt es mehrere Versionen. Eine davon hat uns Josef Holaubek erzählt.
Sein ebenso berühmter Vorgänger in der Ersten Republik, Dr. Johann Schober, der spätere Bundeskanzler, war auf der Suche nach einem Erholungsheim für Polizisten. Da wurden ihm einige leere Siedlungshäuser in Mistelbach, knapp fünfzig Kilometer von Wien entfernt, angeboten. Er griff zu. So kamen die Mistelbacher hautnah mit der Wiener Polizei in Kontakt, und in den Jahren der ärgsten Arbeitslosigkeit der dreißiger Jahre traten viele Bewohner der Bezirksstadt im Weinviertel in den Polizeidienst.
P. S. Mistelbach hat von diesem Umstand nur profitiert: es ist über das Weinviertel hinaus bekannt geworden. Vielleicht hat auch mancher Wiener sich dorthin „verirrt", weil er die „Heimat" seiner Polizisten kennenlernen wollte.

GEFÄHRLICHE DROHUNG

Von einem echten Mistelbacher, der nach Wien kam und sich nicht zurechtfand, stammt die folgende Erzählung: Nachdem er schon länger herumgeirrt war, erkundigte er sich bei einem Wiener Verkehrspolizisten nach dem richtigen Weg: „Herr Inspektor, wie kommt man von hier wieder nach Mistelbach?"
Der Polizist, selbst gebürtiger Mistelbacher (nur rund fünfzig Bewohner von Mistelbach und Umgebung machen Dienst in der Wiener Polizei), fühlte sich gepflanzt und drohte mit einem Organmandat. Erst als sich der andere Mistelbacher per Ausweis als „echter" Mistelbacher auswies, fand die Episode ein versöhnliches Ende.

Die zweite Variante: Als der erste Wirtschaftsaufschwung im Nachkriegsösterreich, Ende der fünfziger, Anfang der sechziger Jahre, einen Arbeitskräftemangel auslöste und die Lohnunterschiede zwischen Privatwirtschaft und Staatsdienst besonders kraß wurden, litt auch die Wiener Polizei unter großen Nachwuchssorgen. Zur Rekrutierung von jungen Polizisten schickte man geeignete Beamte ins nahe Weinviertel, wo gerade die einsetzende Technisierung der Landwirtschaft, also der Umstieg von Pferd auf Traktor, vielen Bauernsöhnen den Arbeitsplatz kostete.
Die Werber waren erfolgreich, und bald füllte sich die Marokkanerkaserne, Sitz der Wiener Polizeischule, mit ehemaligen Bauernburschen. Die fanden sich in der neuen Umgebung anfänglich nur schwer zurecht. Da die Wiener, selbst wenn sie erst vor wenigen Jahrzehnten vom Land in die Stadt, von Böhmen und Mähren oder Polen nach Österreich eingewandert sind, Neuankömmlinge eher abschätzig klassifizieren, fanden sie für die neuen Polizisten bald ein Spottwort: „Mistelbacher“.

SCHIMPFEN KANN ER SCHON

Jahre später – der Arbeitskräftemangel war inzwischen noch größer geworden – kontrollierte ein motorisierter Streifenpolizist einen Gastarbeiter, dessen klappriger 17 M, noch dazu ohne Kennzeichenbeleuchtung, ihm aufgefallen war.
Der „Motler“, nachdem er den Führerschein und die Fahrzeugpapiere studiert hatte:
„Na klor, a Tschusch!“
Der Fremde protestierte wild:
„Ich nix Tschusch, ich Turkmann! . . . und du“ – Pause – „du Mistelbacher!“

IM JOURNAL

Zu den vielen Ärgerlichkeiten im Dienst des Polizeijuristen zählt die schier endlose Zahl von Streitigkeiten unter Nachbarn in großen Wohnsiedlungen und alten Mietskasernen, verbunden mit kaum zitierbaren Verbalinjurien und gegenseitiger Anzeige bei der Polizei. Ärgerlich deshalb, weil es den Kontrahenten meist nur schwer klarzumachen ist, daß es sich bei diesen Streitereien – so die Fachsprache – um das „Privatanklagedelikt" der Ehrenbeleidigung handelt und dafür nicht die Polizei, sondern das Bezirksgericht zuständig ist. Natürlich folgt dann sofort der Vorwurf der Streithans'ln, wozu die Polizei überhaupt da sei und wofür man eigentlich Steuern zahle.

DAMENFEHDE ODER DIE ALTERNATIVE

Wochenendjournaldienst in einem Wiener Bezirkspolizeikommissariat (kein Nobelbezirk). Die Situation wie eben geschildert. Klarer Sachverhalt:
Zwei Nachbarinnen waren sich wegen eines nichtigen Anlasses in die Haare geraten. Eine davon – offenbar die Schwächere im Schimpfen – erscheint beim diensthabenden Beamten. Weil keine Tätlichkeiten behauptet, Verweisung auf den Gerichtsweg, murrendes Unverständnis der Belehrten, Abzug mit lautem Geschimpfe über Unfähigkeit der Polizei und deren mangelnde Bereitschaft, einer armen, wehrlosen Frau aus dem Volk zu helfen.

Fortsetzung: Bis zum Abend mehrere Telephonanrufe der Unverstandenen, jeweils mit detaillierter Schilderung der von der Kontrahentin gebrauchten Verbalinjurien. Reaktion des Journalbeamten: wie gehabt. Kurze Unterbrechung während der Nachtstunden. Sonntag früh: Die Krise spitzt sich zu. Schließlich gegen Mittag, knapp vor Ende des vierundzwanzigstündigen Journaldienstes, ruft die Anzeigerin in höchster Bedrängnis an: die Kontrahentin habe sich zur bodenlosen Gemeinheit verstiegen, sich im gemeinsamen Gangklosett einzusperren und sie so (die nächsten Worte folgten in geschraubtem Hochdeutsch) „an der Befriedigung dringendster Bedürfnisse“ zu hindern. Schließlich noch ein verzagter Schluß: „Was soll ich denn tun, Herr Kommissär?“
Antwort des durch Nachtdienst und die quälenden Anrufe der Unbelehrbaren bereits enervierten Beamten: „Wissen S' was? Geh'n S' am Küb'l!“

GNÄDIGE FRAU

Im Polizeikommissariat Landstraße hatte ein junger, noch wenig erfahrener Polizeikommissär Journaldienst. Der 3. Wiener Gemeindebezirk weist eine höchst unterschiedliche Sozialstruktur auf – neben einem Viertel voller Palais und Botschaften gibt es auch übel beleumundete Lokale am Rande der Prater-Gegend.
Der erste Teil des Dienstes ist relativ ruhig verlaufen. Plötzlich vernimmt ein älterer Kriminalbeamter schrille Schreie aus dem Journalzimmer. Als er die Türe öffnet, bietet sich ihm folgendes Bild: Auf einem klapprigen Stuhl sitzt verängstigt der junge Jurist, davor eine Frau, Alter schwer schätzbar, die heftig schreit: „So eine Gemeinheit . . ., des loß i ma net bieten!“
Der ältere Beamte: „Was geht hier vor?“
Die „Dame“, nach Luft ringend: „Herr Inspekta, der waaß gonz genau, daß i a Hur bin und sagt ständig gnädige Frau zu mir!“

DER SIMANDL

Immer und immer wieder kam es aufs Kommissariat im 17. Bezirk, das schmächtige kleine Männchen, das dem Konzeptsbeamten weinerlich klagte, schon wieder hätte seine Frau es geschlagen. Oberpolizeirat H., der just immer dann „Journal" hatte, wenn der mißhandelte Gatte vorsprach, hörte sich schicksalsergeben den altbekannten Sermon an: Und jetzt, endgültig, zum allerletzten Mal sei er hier, er ertrage die Demütigungen nicht länger, und der „Herr Dokta" möge endlich die Niederschrift zwecks Anzeige verfassen. Und wie immer schrieb der „Herr Dokta" nichts, weil er wußte, daß das Manderl spätestens am darauffolgenden Tag wiederkommen und angsterfüllt fragen würde, ob sein Schatzerl, das ihn eh nur alle heilige Zeit mit dem Nudelwalker „dögelt", doch nicht wirklich vor Gericht müsse . . .

Irgendwann wurde es dem Oberpolizeirat aber zuviel: Schatzi hatte wieder zugeschlagen, das Gattenmännchen – im Volksmund auch Simandl genannt – schilderte sein Leid, und diesmal war es wirklich ganz übel zugerichtet. Der Beamte verfaßte eine echte Anzeige samt Niederschrift.

Am nächsten Tag erschien der Dauerkunde wieder bei Oberpolizeirat H., und das gewohnte Szenario schien sich anzubahnen: „Herr Dokta, wissen S' eh, sie hot mi gestern wieder g'haut, und i wor bei Ihna . . ."

„Ja."

„Na jo, Sö wissen eh, i hob s' anzaagt . . . wie halt schon öfter."

„Ja."

„Herr Dokta, können S' Ihna eh denken, warum i kumm: Ich möcht die Anzeige z'ruckziagn." Oberpolizeirat H. lehnte sich zurück, wies mit dem Zeigefinger auf sein Gegenüber und stellte inappellabel fest: „Z'ruckziagn, lieber Herr, können Sö vielleicht die . . .*, aber sunst nix mehr . . .!"

P. S. * Der Ausdruck wird von den Autoren nur auf direkte Anfrage bekanntgegeben.

ERDSTRAHLEN

Ein Personenkreis, der den Polizeibeamten in einem Bezirkspolizeikommissariat mit verrücktesten Behauptungen immer wieder lästig fiel, waren die sogenannten „Psychosen", an sich bedauernswerte Leute mit mehr oder minder schweren geistigen Defekten. Sie wurden alle dem Amtsarzt vorgeführt und in der Regel zur Beobachtung in die Psychiatrische Klinik eingewiesen. Die leichteren und harmlosen Fälle wurden bald wieder entlassen. Nach zwei-, dreimaliger gleicher Prozedur traf der Amtsarzt gar keine Verfügung mehr, sie wurden als Dauerkunden auf die Kommissariate losgelassen und nur mehr als „Querulanten" klassifiziert.

Ehrgeiz (und in gewissem Maße Selbsterhaltungstrieb) jedes Journalbeamten war es, solche „Psycherln" abzuwimmeln und den im Dienst nachfolgenden Kollegen damit zu belasten. Am Kommissariat versahen fünf Journalbeamte ihren Dienst. Es war keine elegante, aber doch wirksame Vorgangsweise, einen bedauernswerten Stammkunden, der sich neuerdings durch „Strahlungen" verfolgt fühlte, auf den nächsten Tag zu verweisen, an dem ein „Strahlungsexperte" Journaldienst versehen werde. Vier Tage wurde der Arme so vertröstet, und am fünften Tag sprach er endlich bei dem von seinen schadenfrohen Kollegen zum „wirklichen Strahlungsfachmann" ernannten Journalbeamten vor. Der wußte, was er nun dem Ansehen des Kommissariates schuldig war, ließ sich die schrecklichen Bedrohungen durch Strahlen schildern, die dazu führten, daß sich der Betroffene nur mehr in einer Ecke seiner Wohnung sicher fühlte. Nach eingehender Würdigung der Umstände erteilte der Journalbeamte den Rat, sich vor den Strahlen, die „bekanntermaßen nur durch die Fenster" eindringen könnten, dadurch zu schützen, daß man, geduckt, unter Fensterbretthöhe, an ihnen vorbeischleiche.

Im nächsten Journaldienst kam der so Beratene, um dankbar zu vermelden, daß die Strahlenbedrohung vorbei sei, seit er nur mehr in der Hocke durch seine Wohnung gehe.

DIE „GROSSE“ ANZEIGE

Es muß wohl am Beginn der sechziger Jahre gewesen sein, als mit dem rapiden Ansteigen der Neuzulassungen auch die Zahl der Verkehrssünder stark zunahm. Im Kommissariat Meidling, im 12. Wiener „Hieb“, griff ein schlauer, weil fauler Konzeptsbeamter zu folgender List, um sich die wachsende Flut von Anzeigen vom Hals zu halten. Er fragte jeden Anzeiger, ob er eine „kleine“ oder eine „große“ Anzeige wünsche. Auf die erstaunte Frage, was wohl der Unterschied zwischen beiden sei, erklärte der Beamte todernst: „Wenn Sie eine ‚kleine Anzeige‘ machen wollen, wird die hier im Bezirk Meidling behandelt. Wir sind aber völlig überlastet und haben zuwenig Personal. Das kann Monate dauern.“ Nachdem er die Wirkung seiner Ausführungen beobachtet hatte, setzte der Konzeptsbeamte fort:
„Die ‚große Anzeige‘ wird aber sofort ins Sicherheitsbüro gefunkt, da sitzen viele Spezialisten, die erledigen die Sache prompt.“ Natürlich entschieden sich fast alle Intervenierenden für die „große Anzeige“. Nun griff unser Mann in die Schreibtischlade, zog einen vorsintflutlichen Schnellhefter heraus, der bei flüchtigem Hinsehen einer Morsetaste ähnelte, und machte damit die typischen Geräusche des Morseapparates nach. Befriedigt zogen die Meidlinger Bürger ab, und der schlaue Fuchs hatte stets einen leeren Schreibtisch.

Auskunft

Perplex

DER „KRAXL“

Alexander Kragora, später Abwehrchef des Bundesheeres und eines der raren Originale aus längst versunkenen Tagen, studierte nach dem Krieg die Juristerei und trat, da es noch kein Bundesheer gab, in den höheren Dienst der Polizei ein.

SPERRSTUNDE

Als junger Journalbeamter versah Kragora Dienst im Kommissariat Hietzing, zusammen mit dem späteren Hofrat Hasenöhrl. Zu seinen Aufgaben zählten unter anderen auch die Inspektion der Ballveranstaltungen, etwa im Parkhotel Schönbrunn. Es muß wohl schon gegen vier Uhr früh gewesen sein, als bei Hasenöhrl in der Wohnung das Telephon klingelte. Schlaftrunken nahm er den Hörer ab: „Da ist der Ober vom Hübner. Müssen S' schon entschuldigen, Herr Doktor, aber i kriag die Sperrstund net z'samm!“
Hasenöhrl giftig: „Und deshalb wecken Sie mi zu so aner verruckten Zeit. Wir haben doch an Journalbeamten dort sitzen!“
Der Ober: „Entschuldigen vümals, Herr Doktor, des is jo des Problem. Es wären ja schon alle g'angen, nur der Kommissär holt alle frei und loßt kan hamgeh'n.“

UNANSTÄNDIGE GEDANKEN

„Sascha“ Kragora besuchte gerne Veranstaltungen der anderen Exekutivteile. So war er etwa ständiger Gast beim Ball der Kriminalbeamten in den Wiener Sofiensälen. Zu vorgerückter Stunde wurde er zwei reichlich dekolletierten Damen vorgestellt. Schon der Handkuß fiel besonders tief aus, und auch nachher konnte er sich von dem Anblick nur schwer trennen. Dann hob Kragora auf die eine der beiden Damen das Glas und säuselte: „Gnädige Frau, raten S’, was ich mir denke“, und ohne die Antwort abzuwarten: „Nein, raten S’ nicht. Geben S’ ma gleich a Ohrfeige!“

PSYCHOLOGEN IN UNIFORM

Was ist ein Polizist? Er muß so diplomatisch sein, daß, nachdem eine Streitigkeit beigelegt ist, jeder der Beteiligten glaubt, e r habe recht bekommen. Und er muß im Augenblick Entscheidungen fällen, für die ein Richter vielleicht Monate oder sogar Jahre braucht.

ANGEWANDTE PSYCHOLOGIE

Das Wachzimmer Derfflingerstraße in Linz verfügte über einen der besten Wachzimmerkommandanten der Polizeidirektion. Gesetzeskenntnisse wie ein Rat des Obersten Gerichtshofes, adjustiert wie ein Dressman von Adlmüller, Benehmen wie ein englischer Lord und von absoluter Korrektheit. Sein einziger Fehler war, daß er beim geringsten Anlaß explodierte und damit immer wieder Beschwerden auslöste.

Oberst Hermann Hufnagl, damals Zentralinspektor in Linz, erklärte ihm in einem langen Gespräch, daß unqualifizierte Äußerungen von einem eben Bestraften nicht so schwerwiegend empfunden werden dürften, daß ein Wachmann ein kleiner Psychologe sein müsse usw. . .

Lange Zeit blieben Beschwerden aus, bis Ratei, so hieß jener Wachkommandant, den Oberst anrief – das Wachzimmer befand sich direkt unter seinem Dienstraum – und mitteilte, ein Mann stehe im Wachzimmer, Schaum vor dem Mund, brülle und schlage mit der Faust auf den Tisch, wegen eines Hundert-Schilling-Organmandates, das er zu zahlen hätte. Weil er überzeugt sei, daß der Oberst der beste Psychologe sei, habe er ihn hinaufgeschickt. Bei diesen Worten ging schon die Tür auf und im Zimmer

stand ein Zwei-Meter-„Möbelpacker“, drosch auf den Schreibtisch und verlangte, der Oberst solle dem Verrückten – dabei zeigte er nach unten – den Befehl geben, das Organmandat nicht zu verhängen. Mehrfach versuchte der Polizeioffizier, dem Kraftprotz zu erklären, daß dies in einem Rechtsstaat nicht möglich sei. Da der Rabiate nicht zu beruhigen war, zog Hufnagl einen Hundert-Schilling-Schein aus der Brieftasche: „Die einzige Möglichkeit ist, daß ich Ihre Strafe zahle, aber das werden Sie sicher nicht wollen, wenn ich Ihnen sage, daß ich vier Kinder habe.“
„Da haben S' eine falsche Meinung von dem, was i wü'“, schnappte den Schein und war bei der Tür draußen.
Hufnagl war so perplex, daß er zu keiner Reaktion fähig war. Kurz darauf meldete sich Inspektor Ratei am Telefon: „Ich bewundere Sie, Herr Zentralinspektor, der ‚Möbelpacker‘ ist mit Schaum vor'm Mund zu Ihnen rauf 'gangen, jetzt war er im Wachzimmer, lacht über's ganze G'sicht, knallte uns einen Hunderter auf den Tisch mit dem Bemerken, den Zettel können wir uns wohin picken! Wie haben Sie das gemacht, Herr Zentralinspektor?“
Hufnagl log schweren Herzens, daß eben mit Psychologie alles möglich sei.

GRAMMELKNÖDEL

Beim Polizeioffizierskurs 1964 hatte der damalige Major Tuma den aufstiegswilligen Polizisten das Wiener Theatergesetz vorzutragen, das ja, eingedenk des fürchterlichen Ringtheaterbrandes, besonders streng ist. Um den trockenen Lehrstoff etwas aufzulockern, griff er zu einigen drastischen Beispielen:
„Da war einmal ein Gastspiel der Pariser ‚Folies Bergères‘ im Wiener Ronacher. Da saßen einige alte Lustmolche mit riesigen Marineferngläsern im Parkett. Die müssen die Brustwarzen der Tänzerinnen so groß wie Grammelknödel gesehen haben.“

DIE BEGRÜSSUNG

Oberleutnant Schwarzlmüller, nachmaliger Oberst und Abteilungskommandant der Sicherheitswacheabteilung Schmelz, war in den fünfziger Jahren Chef der „Weißen Mäuse“, der „Motorisierten Verkehrsabteilung“, einer Abteilung, die sich selbst gerne als Elite sah und noch immer sieht. Die Neuzugänge bei der „Mot“ pflegte er so zu begrüßen:

„Meine Herren, Sie sind jetzt Angehörige einer ansehensmäßig exponierten Sondereinheit der Wiener Sicherheitswache. Ich erwarte von jedem von Ihnen, daß er sich der Würde bewußt ist, die mit seinem Aufstieg“ – Pause – „zu dieser Elitetruppe verbunden ist, ich erwarte, daß er sich entsprechend benimmt! Und dazu, meine Herren, gehört zweifellos, daß man entsprechende Umgangsformen hat!“ – Weitere Pause – „Vor allem, daß man sich einer gepflegten Ausdrucksweise bedient, das ist das Wichtigste überhaupt!“

Die frisch in schwarzes Leder Gekleideten nickten und bemühten sich, würdevoll dreinzusehen. Schwarzlmüller registrierte es mit Wohlwollen und setzte zu einem Schlußappell an. Der hörte sich dann so an:
„Und wer von eich Oarschlöchern dös net z'sammbringt, der hot bei mir den Steck'n!"

ÜBER DEN UMGANG MIT POLIZISTEN

Hauptmann Huber, legendärer Gardeoffizier (siehe auch „Roda Rodas Erben": „Gruftverbot") vom Aufbau des Bundesheeres an, war mit seiner Kompanie auf dem Weg zur feierlichen Angelobung eines ausländischen Diplomaten, für das Gardebataillon eine Routinesache. Diesmal war man spät daran; – dementsprechend eilig hatte es Hauptmann Huber. Als sich die Fahrzeugkolonne der Kreuzung Babenberger Straße–Opernring näherte, schaltete der dort postierte Verkehrspolizist auf Rot. Huber sprang erbost aus seinem Jeep, stürzte auf das weiß gestrichene Hütterl zu, riß die Tür auf und schnauzte den Beamten an: „Wenn ich, Hauptmann Huber, daherkomme, dann schalten Sie gefälligst auf Grün, Sie flaschengrüner Heini, Sie!" schlug die Tür zu und fuhr weiter.

DER „INSPEKTA“

Von liebevoll bis verächtlich: es gibt viele Möglichkeiten, diese Bezeichnung anzuwenden. Der „Inspekta“ ist manchmal der dringendst benötigte, sehr oft der unerwünschteste Mensch. Er ist eine Mischung aus vielen Typen; er muß die Sünde kennen und darf nicht teilhaben; er muß alles wissen – und darf nichts sagen, er ist eine seltsam namenlose Kreatur, von vorn mit „Herr Inspekta“ angesprochen, hinter seinem Rücken mit „Idiot“. Auf jeden Fall muß er ein Genie sein . . . denn er sollte eine Familie mit einem Beamtengehalt ernähren.

FLIEGEN ODER FAHREN

Die folgende Geschichte hat, obwohl sie vor nicht mehr als dreißig Jahren spielt, doch schon einigen Erklärungsbedarf – um ein aktuelles Modewort zu verwenden. – Damals wurde von den Wiener Polizisten noch „händisch Luft g'mischt“, also die Kreuzungen mit der Hand und nicht per Ampel geregelt.

Der unbestrittene Meister dieses Faches, Rayonsinspektor Lukitsch, versah seinen Dienst an der Kreuzung Babenberger Straße – das ist die verlängerte Mariahilfer Straße – und Opernring. Er dirigierte das Verkehrsgeschehen derart souverän mit weitreichenden Gesten, daß er von der Presse den Kosenamen „Toscanini von der Babenbergerkreuzung“ erhielt.

Eines Tages rollte ein Volkswagen-Käfer mit einem niederösterreichischen Bäuerlein am Steuer zur Kreuzung. Der „Käfer" hatte damals noch keine Blinker, sondern Winker, die wie ein „Taschenfeitl" ein- und ausgeklappt wurden. Durch einen „Kurzen" klappten plötzlich beide Winker aus. Lukitsch stoppte den Käfer-Fahrer und sagte streng: „G'scherter! Wüst fahr'n oder fliag'n?"

„VON"

Der legendäre Inspektor Windisch vom Wachzimmer Listgasse stoppt den Wagen des damaligen Direktors der Wiener Staatsoper Herbert von Karajan wegen überhöhter Geschwindigkeit. Als der Inspektor beim Chauffeur Karajans abkassieren will, ruft der Dirigent dazwischen: „Kennen Sie mich nicht? Ich bin Herbert von Karajan!"
Der Inspektor, ohne vom Strafzettel aufzublicken:
„Und i bin der Windisch von der Listgass'n!"

DURCHSCHLAGENDER ERFOLG

Zu den weitläufigsten und daher anstrengendsten Rayons Wiens zählt der Prater. Er bietet gute Verstecke, viele Fluchtrichtungen – vor allem in der Dunkelheit – und zieht dementsprechend lichtscheues Gesindel an.
Umgekehrt hat er auch seine Reize – selbst für Polizisten. Zum Unterschied von den Innenbezirken, wo bis in die sechziger Jahre die meisten Kreuzungen händisch geregelt wurden und die Beamten stundenlang in Abgaswolken stehen mußten, tat man hier in der freien Natur Dienst – meist auf dem Fahrrad.
Bezirksinspektor Bubl war 1945 Kommandant des Polizeiwachzimmers Prater Hauptallee. Es störte ihn, daß von der Hauptallee weg, als Abkürzung über eine schöne Praterwiese, ein richtiger Trampelweg entstanden war, der von Fußgängern und Radfahrern stark frequentiert wurde. Kurz entschlossen ließ er eines Tages von seinen Polizisten

quer über den Trampelweg – und auch noch beiderseits davon – einen Graben ausheben. Zusätzlich wurden noch Fahrverbotstafeln für Radfahrer aufgestellt.
Der Erfolg der Maßnahme war durchschlagend. Schon in der ersten Nacht stürzte Kontrollinspektor Kissenbauer, der Vorgesetzte Bubls, auf seiner nächtlichen Kontrollfahrt mit dem Fahrrad in den Graben.

ARMER TEUFEL

Beim Würstelstand vor der Wiener Urania griff eine Funkstreife unter dem Kommando des damaligen Rayonsinspektors Heinz Oberst einen betrunkenen Mopedfahrer auf. Es war Ende November und bitter kalt. Die erste Einschätzung der Polizisten: A armer Hund, denn sonst würde er in der Kälte nicht mit dem Moped fahren. Als der Mann auch noch erzählte, daß er zu Hause vier kleine Kinder habe, zahlte ihm der Funkstreifenkommandant ein paar Würstel. Der Beschenkte verbeugte sich mehrfach: „Danke, Herr Inspektor, des is heit schon des dritte Mol, daß i so a Maßn hob!“

CODEWORT

Polizisten werden auch im Nachtdienst hungrig, nur gestaltet sich der Essensnachschub schwieriger als bei Tag. So verfielen die Beamten in der Funkleitzentrale der Polizeidirektion auf ein pfiffiges System von Codewörtern, um auch über Funk, den ja alle, die dieselbe Frequenz haben, mithören können, ihre Essensbestellungen abgeben zu können. Hatte man etwa Heißhunger auf Burenwürste (die besten gab es am oben erwähnten Stand neben der Urania), wurde folgender Funkspruch abgesetzt:
„Anton 1, fahren Sie Urania, acht Randalierer.“ (Randalierer war das verschlüsselte Wort für Burenwürste.) Im

2. Bezirk, in der benachbarten Leopoldstadt, hörte ein Streifenwagen diese Meldung. In der richtigen Meinung, *eine* Funkstreife allein könne doch nicht mit acht Randalierern fertig werden, drückte er auf die Taste:
„Hier Berta 2, unterstütze Anton 1 gegen acht Randalierer“ und raste zum „Einsatzort“.
Dort mußte er feststellen, daß „Anton 1“ sehr wohl mit acht „Randalierern“ fertig wurde.

SEX IM FREIEN

Ein junger Wachebeamter wird im Kommissariat Leopoldstadt zu dem wegen seiner Strenge gefürchteten Stadthauptmann befohlen. Der pflichtbewußte Beamte meldet sich stramm, aber ängstlich.
„Haben Sie diese Anzeige geschrieben?“ fragt der Stadthauptmann. Der Beamte erkennt, daß es eine von ihm geschriebene Meldung ist, betreffend Unzucht in den Praterauen (er hatte ein Pärchen bei eindeutigen Handlungen ertappt).
„Jawohl, Herr Stadthauptmann, das habe ich geschrieben.“ Plötzlich wird der gestrenge Hofrat leutselig: „Herr Kollege, eine Frage. Haben Sie schon einmal im Freien gevögelt?“
Der Wachebeamte stammelt verlegen. So eine Frage hat er aus dem Mund des gestrengen Vorgesetzten nicht erwartet.
„Nein, noch nicht.“
Darauf, zur noch größeren Verwunderung des jungen Beamten, der ältere Vorgesetzte: „Ich schon! Da haben S' Ihre Meldung und machen S' damit, was S' wollen!“

INDIANERSPIEL

Revierinspektor Rupert W. hatte in seiner Jugend dreimal den Titel eines Amateur-Staatsmeisters im Boxen errungen; auch in späteren Jahren imponierte er durch seinen massigen Körperbau. Das inzwischen schlohweiße Haar trug ihm den Spitznamen „Weißer Riese“ ein.

Eines Tages, er hatte wieder einmal Aufsichtsdienst im Stadttheater St. Pölten, eilte der Theaterdirektor zu ihm: „Herr Inspektor, ins Foyer hat sich von der Straße ein Betrunkener verirrt und fordert die Besucher zum Kartenspiel auf. Ich hab ihn schon mehrmals gebeten, das Haus zu verlassen, aber er geht nicht!"
Der „Weiße Riese" beruhigte zuerst den aufgeregten Theatermann, dann ging er ins Foyer und knöpfte sich den Betrunkenen vor: „Hier spielen wir nicht Karten, sondern Indianer!"
Der überraschte Betrunkene: „Wie geht des?"
Der „Weiße Riese" mit fester Stimme: „Die schleichen sich!"
Diese Sprache verstand der Alkoholisierte und trollte sich davon.

STILBLÜTEN AUS WACHEMELDUNGEN

„Er bildete sich ein, der Kaiser von China zu sein; ist es jedoch nicht."

„Als ich ihn abmahnte, rief er mir zu: ‚Leck mich . . .!' Nachdem dies geschehen war, nahm ich ihn fest."

„Der Genannte verletzte den öffentlichen Anstand, indem er am Gehsteig vor dem Südbahnhof urinierte, wobei er Arabesken zeichnete."

„Als ich die Türe des verdächtigen Fahrzeuges öffnete, lachte mir ein nacktes Frauengesäß entgegen."

„Als ich gegen 22 Uhr durch den Stadtpark ging, hörte ich hinter einem Gebüsch beischlafähnliche Geräusche."

„Er nannte mich ein Arschloch, obwohl ich ruhig mit ihm gesprochen hatte."

DIE „RADARNASE“

Hans Gaunerstorfer war einer der erfolgreichsten Polizisten der Nachkriegsära. So konnte er in seiner 35jährigen Dienstzeit dreizehn Menschen das Leben retten, stellte 162 Sittlichkeitstäter und nahm 800 Einbrecher fest, darunter allein 160 KFZ-Diebe. Wegen seines „Gespürs“ für Straftäter erhielt er den Ehrentitel „Radarnase“.

„WO SAN DE WÜRSTLN?“

Im Jahre 1947, als es noch Fleischmarken und auch einen Schleichhandel mit Fleischwaren gab, nahm Gaunerstorfer einen Fleischergesellen fest, der im Wiener Viehmarkt St. Marx eine Kiste mit 56 Würstchen gestohlen hatte. Hans Gaunerstorfer schildert, wie das Unheil nahte:

„Niemand ahnte, was sich dann ereignete. Die Türe ging auf, der Hundeführer mit seinem Hund Rex trat ein. Stramm meldete er sich beim Kommandanten zum Dienst. Danach befahl er seinem Hund ‚Platz‘. Dieser befolgte, wie gelernt, seinen Befehl und legte sich, wie er es gewohnt war, unter das Bett des Aufbleibers, neben die Kiste mit den sichergestellten Würstchen. Von niemandem beobachtet, lag Rex friedlich unter dem Bett, den Geruch der Würstchen dauernd in der Nase. Nach einiger Zeit war die Meldung mit dem bereits vom Täter abgelegten Geständnis des Diebstahls fix und fertig auf dem Tisch. Der Erfolg konnte sich sehen lassen. Lächelnd erklärte der Kommandant: ‚So, nun bringt die Meldung mit dem Festgenommenen und die Kiste zum Journaldienst aufs Kommissariat.‘

Als ich die Kiste unter dem Bett hervorziehen wollte, knurrte Rex. Sein Fang war fett und er schleckte sich andauernd die Pfoten. Sein Bäuchlein war angeschwollen. Ich stellte die Kiste auf den Tisch. Der Kommandant kam aus seinem Zimmer, um vor dem Abgang nochmals die Richtigkeit der Anzahl der Würstchen zu prüfen. Ein Blick genügte, er wurde fahl im Gesicht und stotterte: ‚Wo san die Würstln?‘ Auch wir erschraken, als wir den Inhalt der Kiste bemerkten. Es waren nur mehr 33 Würstchen darin. Rex streckte sich und sah uns vorwurfsvoll an. In seinem Bäuchlein befanden sich 23 Stück.

Während wir alle aufgebracht waren, lächelte nur einer, es war der Täter, der die ganze Zeit Rex beobachtet hatte.

Wütend schrie ihn der Kommandant an: ‚Hast du denn nicht gsegn, daß der Hund die Würstln frißt?‘ ‚Na freilich hab i es gsegn, aber i verzind kan, a wann’s a Polizeihund ist‘, antwortete der Festgenommene. ‚Was tan ma jetzt‘, schrie der Kommandant aufgebracht, ‚ka Mensch wird uns

des glauben, daß wir es net waren, die die Würstel gfressen haben. Solang habe ich gedient, nie Anlaß zu an Dis geben, und nun kommen wir alle wegen den blöden Hund in Dis.‘ Mir tat der Kommandant leid. Da kam mir ein Gedanke. Als ich mit dem Dieb alleine war, sagte ich zu ihm: ‚Du warst immer a fescher Bursch, aber wegen der Würstelgeschichte wirst du zum Verbrecher gestempelt‘. Mit todernstem Gesicht setzte ich fort: ‚Wast, wann es weniger als 50 Würstel wären, dann wäre es nur ein Vergehen, aber über 50 ist es halt a Verbrechen‘.
Die Augen des Täters leuchteten plötzlich auf und er sagte: ‚Herr Inspektor, es san do nur 33 Würstel, also ein Vergehen.‘ ‚Gut‘ sagte ich, ‚ich will doch net, daß du a Verbrecher wirst, ich schreib also 33. Du hast es selbst gezählt, dann unterschreib.‘ Nach der Unterschriftsleistung sprang der Dieb auf, umarmte mich plötzlich und gab mir, ohne daß ich es verhindern konnte, ein Busserl auf die Wange. Er rief sodann: ‚Herr Inspekta, du bist a Bursch, jetzt bin i ka Verbrecher, sondern nur a Vergeher‘.“

DAS „SB“

Das Kürzel sagt nur wenigen etwas, denen aber viel. Das SB, das Wiener Sicherheitsbüro, braucht sich hinter dem berühmten Vorbild Scotland Yard nicht zu verstecken. Man geht in der Berggasse, nur wenige hundert Meter von der Wohnung Sigmund Freuds entfernt – das kann wohl kein Zufall sein –, weniger mit kriminalistischer Hochtechnologie als mit Psychologie ans Werk.
Frei nach dem Motto des langjährigen Chefs des SB, Hofrat Dr. Kuso, der einem Verdächtigen, wenn er nicht gestehen wollte, stets so kam: „Wir sind zwar schlecht bezahlt, aber net deppert. Denn wenn wir *deppert wären, wär 's Häfn leer, aber es ist voll.“*

GESTÄNDNIS AUS MITLEID

Der Verdächtige wollte und wollte die Einbrüche nicht zugeben; er wollte – wie es im Polizeijargon heißt: nicht „niederlegen“. Immer wieder versuchten es die Kriminalbeamten – mit demselben Ergebnis.
Da schaltete sich Kriminalinspektor M. ein:
„Wos wett ma, daß der niederlegt?“ Kurz darauf erschien er mit einem unterschriebenen Geständnis. Das ließ natürlich die anderen nicht ruhen, und sie bombardierten den Dieb mit der Frage, warum er denn ausgerechnet beim M. gestanden habe? Treuherzig antwortete der Überführte: „Der Inspekta hot ma so lad tan. Er hat g'sagt: wan i 's net zuagib, wird er net befördert. Und dann hob i 's holt zuageben.“

„KROKO“

Bis vor wenigen Jahren machte in der „Bluatgrupp'n“, der Mordbrigade des Wiener Sicherheitsbüros, ein Kriminalbeamter Dienst, der so aussah, wie sich Herr und Frau Österreicher einen klassischen Türken vorstellen: schwarze Haare, dunkler Teint, buschige Augenbrauen und ein riesiger Schnauzbart. Bevor er zur Wiener Polizei gekommen war, hatte der gebürtige Burgenländer einige Jahre in Papua-Neuguinea verbracht und Erfahrungen im Fangen von Schlangen und Krokodilen gesammelt. Wegen dieser ausgefallenen Berufslaufbahn verpaßten ihm die Kollegen den Spitznamen „Kroko“.
Über „Kroko“, den „Türken“ im Sicherheitsbüro, werden wegen seines ungewöhnlichen Aussehens einige – nicht gänzlich verbürgte – Anekdoten erzählt.

ALLE EINSPERREN

Nach einem Mord im Türkenmilieu im 12. Hieb, in Meidling, kam mitten in der Aufklärungsarbeit der Mordgruppe des Sicherheitsbüros auch der damalige Polizeipräsident Dr. Karl Reidinger zum Tatort. Er befahl, alle anwesenden Türken vorläufig festzunehmen, wobei er auch auf „Kroko“ zeigte. Auf den Einwand: „Herr Präsident, das ist doch ein Kriminalbeamter“, erwiderte Reidinger unwirsch: „I hab g'sagt, *alle* Türken einsperren. Auch den!“

MARTIALISCH

Als vor einigen Jahren ein Mittelschüler in Wien drei Menschen erschoß (ein Opfer wurde von den Medien irrtümlich als „Täter“ präsentiert, bevor man seine Leiche fand), wollten Dutzende Photographen den verhafteten Mörder im Sicherheitsbüro ablichten. „Kroko“, Kiberer mit Leib und Seele, und stolz, daß er an der Aufklärung der Bluttat mitgewirkt hatte, führte den Festgenommenen direkt aus dem Vernehmungszimmer ins Blitzlichtgewitter der Photographen.

Am nächsten Tag wurde „Kroko“ zu einem Vorgesetzten gerufen, der dem „Türken“ vorhielt, wieso er mit seinem „martialischen“ Aussehen vor die Pressemeute treten konnte.

Der Kiberer kopfschüttelnd: „Was heißt martialisch?“

Die Antwort des Vorgesetzten: „Das weiß ich selbst nicht, aber der Polizeipräsident hat es gesagt!“

HOFRAT KUSO

Auch sein Name reiht sich würdig in die Liste der Persönlichkeiten ein, die prägenden Einfluß auf die Wiener Polizei, speziell das Kriminalbeamtenkorps hatten. Obwohl er sich ein Leben lang mit Gaunern, Mördern, Dieben herumschlagen mußte, blieb er ein feinnerviger Herr, der den einstigen Artillerieoffizier nie verleugnen konnte.

NOBEL

Nach einem „Zund“ brausten Kusos Mannen los und erwischten den Mordverdächtigen im Bett liegend. Das Ganze ging so schnell vor sich, daß der Verbrecher nicht einmal mehr hinter den Kopfpolster greifen konnte, wo er seine Tatwaffe versteckt hatte. Der Schock löste noch etwas anderes aus . . .

Am nächsten Tag, beim sogenannten Rapport beim Polizeipräsidenten, berichtete Kuso stolz über die gelungene Aktion seiner Mannen. In seiner typischen Art umschrieb er dabei nobel die menschliche Schwäche:

„Bei der Verhaftung kam es zu einer spontanen Darmentleerung.“ Ein anderer höherer Beamter, der weiter hinten in der Reihe stand, fragte halblaut:

„Wos hot da Kuso g’sagt?“

„No, angschissen hot er sich!“ rief ein anderer laut.

NOBELPREISTRÄGER

Als Chef der Mordkommission wurde Kuso an den Tatort gerufen. Um eine Frauenleiche standen bereits Kriminalbeamte des Sicherheitsbüros, aber auch Wachebeamte des Bezirks, an der Spitze der Stadthauptmann. Kuso hatte noch keinen Blick auf das Opfer werfen können, als ihn der Stadthauptmann „anstrudelte“: „Was meinen Sie als Spezialist? I glaub', die is' dawürgt und daschlag'n worden!“

Kuso in seiner bekannt zurückhaltenden Art: „Herr Kollege, diese Frage können derzeit nicht einmal sieben Nobelpreisträger beantworten.“

DER FALSCHE AMTSARZT

Nochmals Frauenmord. Das SB ist bereits am Tatort, als letzter erscheint der Amtsarzt, im Kielwasser ein zweiter Mann, den er murmelnd als „Einschuler“ vorstellt. Bei der Spurensicherung bleibt ein Fingerabdruck übrig. Bevor man einer falschen Spur nachläuft, fragt man den Doktor, ob das vielleicht sein „Einschuler“ gewesen sein könnte, der eben unroutiniert herumgetappt habe. „Des ist ma jetzt peinlich“, meint der Amtsarzt, „des war kein junger Arzt, sondern mein Tischlermeister.“

Es stellte sich heraus, daß der Amtsarzt im Wirtshaus mit seinem Tischler den Umbau seiner Küche besprochen hatte, als ihn der Anruf des SB erreichte. „Da hat er g'sagt: Doktor, i hob no nie a Leich g'sehn. Und da hab ihn mitgnummen.“

DER HAMMER

Oberstleutnant Hammer, später Oberst, wegen seiner Körpergröße auch „Hammer-Lander" genannt, war in der Wiener Szene einer der gefürchtetsten Kriminalisten der Nachkriegsjahre. Er kannte das Wiener „Miljö" wie kein anderer, konnte sich in die kleinen Strizzis genauso hineinversetzen wie in die großen Gauner – er packte fast alle mit dem „Schmäh". Einmal wurde er aber selbst Opfer der eigenen Taktik:

BOXER UNTER SICH

Hammer, regelmäßiger Gast der Prater-Sauna (dort trifft sich die Szene von Stein-Hofrat Schreiner bis zum kleinen Ganoven), hielt sich gern mit Boxtraining fit.
Tagelang hatte bereits ein Erpresser die Polizei gewarnt; da er nur aus Telephonzellen anrief, war er nicht zu fassen. So entschloß sich die Post, systematisch Bezirk um Bezirk zu überwachen. Endlich kam der Anruf: „Wir haben ihn lokalisiert." Hammer und seine Mannen stürmten los, der Chef selbst an der Spitze. Mit dem Ruf: „Polizei!" stürmte er das besagte Telephonhüttel. Drinnen stand ein kräftiger Bursch, der Hammer mit den Worten: „Was wollt's von mir, ihr Verbrecher!" einen kräftigen Kinnhaken verpaßte. Hammer, leicht angeknackt, schlug zurück. Erst nachdem die Kontrahenten matt waren, stellte sich der Irrtum heraus. Die Post hatte eine falsche Telephonzelle durchgegeben, der junge Bursch hatte an einen Überfall geglaubt.

QUOD ERAT DEMONSTRANDUM

Hammer und seine Mannen hatten in den sechziger Jahren, vor der Liberalisierung der Sexualität in der öffentlichen Meinung, viel mit Sittlichkeitsdelikten zu tun. Wieder einmal gingen mehrere Anzeigen von Frauen ein, die von einem Mann – Personsbeschreibung wie meist in diesen Fällen sehr ungenau – sexuell belästigt worden waren. Endlich erwischten Kriminalbeamte einen Verdächtigen. Oberstleutnant Hammer nahm ihn ins Verhör. Er leugnete und leugnete:

„I war's sicher net, Herr Oberstleutnant!"

Hammer: „Des kannst ma net erzählen, du bist von den belästigten Frauen erkannt worden."

Plötzlich ließ der Mann Hose und Unterhose herunter, zeigte auf sein extrem kleines Glied und sagte, um Verständnis heischend: „Schaun S' sa si den an. So an klan hobn S' no net g'sehn. Damit kan i niemand belästigen."

DIE JOURNAILLE

Die „Ehe“ Journalist – Polizist ist eine Wechselbeziehung, die – wie eine wirkliche Ehe – immer wieder Belastungen ausgesetzt ist. Das äußert sich in der auf den ersten Blick einseitigen, in den Augen der Polizei, ja der gesamten Exekutive, tendenziösen Berichterstattung, die den Eindruck vermitteln will – so glauben zumindest die „Betroffenen“ –, in den Reihen der Sicherheitsorgane gäbe es vorwiegend schwarze Schafe, Schläger oder einfältige Ignoranten. Daher darf in diesem Buch ein Kapitel nicht fehlen, das auch die Journalisten mit ihren mehr oder minder großen Schwächen zeigt.

DER „KONERL“

Er war eine Institution. Heute ist er – zumindest unter den jungen Kollegen – fast schon eine Legende: Hans Konitschek, von seinen Freunden und Konkurrenten mehr oder weniger liebevoll Konerl genannt, von den Behörden gefürchtet, weil er sie stets durcheinanderbrachte. Ein Original, ohne das die heimische Nachkriegsjournalistik farblos geblieben wäre.

DER SCHRANK DES HOFRATS

Konerl war ein Meister im „Verkehrtlesen“, der mit flinken Augen die Aktenvermerke und Protokolle auf den Schreibtischen der Behörden überflog und dabei so manchen Exklusivbericht für seine Zeitung, in den letzten Jahren die „Krone“, ergatterte. Daß er in unbeobachteten Augenblicken Fahndungszirkulare mitgehen ließ, ist eine üble Verdächtigung.
Wahr hingegen ist folgende Story:
Während einer Pressekonferenz wurde dem ebenso legendären Chef des Sicherheitsbüros, Hofrat Dr. Franz Heger, dem Vorgänger Hofrat Kusos, ein Zettel hereingereicht. Offenbar hatte sich in einer Mordsache eine überraschende Wendung ergeben. Heger verließ die Journalisten und eilte in sein Büro. Kaum hatte er am Schreibtisch Platz genommen, ging, wie von Geisterhand bewegt, die Türe seines dreiteiligen Glasschranks auf. Darin stand, mit dem Schreibblock in der Hand, Hans Konitschek. Er hatte sich von der Pressekonferenz weggeschlichen und gehofft, im Kasten des SB-Chefs das Verhör mit dem Mordverdächtigen belauschen zu können. Konitschek erhielt Hausverbot, das weder er noch die leitenden Beamten einhielten – dazu war er ihnen in seiner Besessenheit zu sympathisch.

DER ZUND

„Fahren S' zur Reichsbrucken", flüsterte am Gang des SB ein genervter Konzeptsbeamter dem Konerl zu, „dort liegt a nackerte Frauenleich' im Inundationsgebiet. A Sexualverbrechen."

Konerl, das wissen Kenner, schnalzte mit der Zunge, freute sich diebisch auf die blöden Gesichter der mieselsüchtigen Kollegen, denen er wieder die Schau stehlen würde, setzte sich in die Tramway und machte sich auf den Weg zur – damals noch intakten – alten Reichsbrücke. Da er von nicht sehr großer Statur war, tat er sich einigermaßen schwer bei seiner Solo-Suchaktion, lag doch im Überschwemmungsgebiet fast ein Meter Neuschnee. Und wer geht da schon, noch dazu zu nächtlicher Stunde – mit einer Taschenlampe bewaffnet –, spazieren? Das dachte sich auch der Rayonsposten, folgte dem Irrlicht und konnte erst nach mühevollem Spuren im Schnee den „Verdächtigen" einholen. Konerl zeigte sich erstaunt über die Unwissenheit des Ordnungshüters: „Wissen S' denn net von der nackerten Leich'? A Sexualmord . . ."

Der Rest sei im Schnellgang berichtet. Der Rayonsinspektor alarmierte das Wachzimmer, das wiederum den Journalbeamten, der seinerseits das Sicherheitsbüro, das rückte sofort aus, im Schlepptau der Scheinwerferzug der Feuerwehr. Nach stundenlanger mühevoller Suche – an und für sich das Alltagsleid der Kriminalisten – kamen den Beamten Zweifel, ob sich der Konerl nicht an ihnen hatte rächen wollen.

Dem Vernehmen nach soll ihm die „Nackerte im Schnee" eine Strafe wegen Irreführung der Behörde eingetragen haben, obwohl die eigentlich dem „Zund" gebührt hätte. Aber Konerl war, was das betrifft, immer ein Ehrenmann, der nie von dem alten Kriminalisten- und Journalistenprinzip abwich, das da lautet: „An Zund verrat ma net."

P. S.: Als Konitschek – viel zu früh – mit 53 Jahren starb, folgten nicht nur viele Kollegen seinem Sarg, auch höchste Vertreter der Exekutive gaben ihm das letzte Geleit. Böse Zungen behaupten, einige seien bestimmt nur deshalb gekommen, um sich zu vergewissern, daß ihnen von der unermüdlichen Spürnase keine Gefahr mehr drohe. Konnten sie doch alle – Sicherheitswache, Kriminalpolizei und Gendarmerie-Erhebungsabteilungen – trotz jahrelanger Bemühungen nie klären, wo die undichte Stelle in ihren Reihen war, aus der Konerl seine echten und vermeintlichen Exklusivstorys erfuhr. Er hat sein Geheimnis mit ins Grab genommen.

JOURNALIST IM EINSATZ

Ein anderer Kollege der schreibenden Zunft, Reinald Hübl, damals noch beim „Kurier", arbeitete gerade an einer Serie über die Einsatzbedingungen bei der Wiener Rettung. Um so realistisch wie möglich berichten zu können, fuhr Hübl tagelang im Rettungswagen mit. Dabei wurde die Besatzung einmal zu einem Wachzimmer gerufen, wo sich ein randalierender Betrunkener verletzt hatte. Kaum war der Mann notdürftig verarztet und in den Rettungswagen verfrachtet, begann er neuerlich wild um sich zu schlagen.

Als der Sanitäter nun Hübl bat, sich auf den Randalierer zu knien, damit er ihn an die Tragbahre binden könne, schrie der Betrunkene: „Es Oarschlöcher, des schreib i dem ‚Kurier'!" Hübls lapidarer Kommentar: „Sei ruhig, der ‚Kurier' sitzt schon auf deinem . . ."

DER WECKRUF

In seiner Kolumne „Menschlich gesehen" hatte Hübl einer Polizeidienststelle vorgeworfen, sie sei kein „Wachzimmer", sondern ein „Schlafzimmer". Anlaß dazu war die Beschwerde eines Lesers gewesen, der den Beamten Schlafmützigkeit attestierte.

Das ließen die so an den Pranger Gestellten natürlich nicht auf sich sitzen und riefen während der folgenden zwei

Nächte Hübl stündlich an. Stereotyper Satz: „Wir melden, Herr Hübl, daß wir nicht schlafen!“ Nach zwei schlaflosen Nächten erschien der entnervte Journalist mit einem „Doppler“ im Wachzimmer und entschuldigte sich.

TATORT LANDSTRASSE

DIE GENDARMERIE

Bereits den Kindern ist die Gendarmerie der vertrauteste Teil der Exekutive; sie spielen „Räuber und Gendarm". Vor 240 Jahren gegründet – somit ein Kind der Revolution von 1848 –, wurde sie aus Angehörigen der k. k. Armee gebildet und stand damit schon traditionell dem Heer näher als der Stadtpolizei.

In der ländlichen Hierarchie nahm der Postenkommandant früher einen fixen Platz ein – nach Bürgermeister, Pfarrer und Lehrer. Lange war es eine Hauptfunktion des Inspektors, im Sinne eines „Rebbe", mit Klugheit, Takt und einer gehörigen Portion Mutterwitz, die kleinen Streitfälle des Alltags zu schlichten, ohne das Gesetz zu bemühen. Heute hat das Zeitalter der Motorisierung dem positiven Bild der Gendarmerie arge Kratzer zugefügt. Vorteile, die der Landgendarm aus seiner natürlichen Nähe zum Bürger bezieht, sind nun – wenn es um den abgenommenen Führerschein oder den Strafzettel geht – arge Nachteile. Daraus entstanden aber für unser Büchlein die Keime bodenständiger Heiterkeiten.

UNMILITÄRISCHE BEGRÜSSUNG

Nach dem Krieg, als Oberösterreich südlich der Donau von den Amerikanern und das nördlich der Donau liegende Mühlviertel russisch besetzt waren, mußte an der Demarkationslinie – das war in Linz die Donaubrücke nach Urfahr – auch ein General anhalten. So erging es 1947 dem damaligen Gedarmeriezentralkommandanten, General Stillfried.

Der russische Wachsoldat sah ihn, erkannte seinen Dienstgrad – die sowjetischen Generäle trugen ja die gleichen roten Lampassen – und sprach ihn leutselig an: „Du – General? Wo ist deine Armee?“

ABSTAND HALTEN

Der legendäre Oberst Pernkopf, jahrelang Landesgendarmeriekommandant von Salzburg, fuhr eines strahlend schönen Sommertages mit Dienstwagen und Chauffeur von Salzburg nach Klagenfurt. Zu dieser Zeit war es höchst unüblich, daß ein Gendarmerieoffizier mit einem gewöhnlichen Gendarmen „kommunizierte“. Nach etwa zwei Stunden Fahrt über die damals noch schlechten Straßen erreichten Pernkopf und sein Fahrer Obertauern. Bis dahin war zwischen beiden noch kein Wort gefallen. Vom schönen Gebirgspanorama überwältigt, riskierte der Chauffeur die Bemerkung: „Hier ist es sehr schön, Herr Oberst, nicht wahr?“ Worauf Oberst Pernkopf starren Blicks und in tadelndem Ton antwortete: „Will *er* mich unterhalten?“ – Bis Klagenfurt herrschte im Fahrzeug Totenstille.

SELTENES TIER

Bei einer überraschend notwendig gewordenen Visitierung im Bezirk Schärding fuhr der damalige Landesgendarmeriekommandant von Oberösterreich, Oberst Hermann Deisenberger, mit seinem Privatwagen in Richtung Münzkirchen. Es war gegen halb acht; ein trüber Herbsttag – es regnete leicht. Etwa zwei Kilometer vor dem Ort ging am Straßenrand eine alte, gebrechlich aussehende Bäuerin in Tracht mit schwarzem Flügelkopftuch. Deisenberger blieb stehen und fragte sie: „Muatterl, wo willst denn hin?"
„In die Kirchen", antwortete sie.
Der Oberst: „Kumm, steig ein, i nimm di mit."
Wortreich bedankte sich die alte Frau: „Des is aba liab von Ihna, daß mi alte Frau da mitnehmen, Herr Inspektor!" Dabei musterte sie ihn von oben bis unten, wobei ihr vor allem die goldenen Kragenspiegel zu gefallen schienen. Nach einiger Zeit stieß sie Deisenberger mit dem Ellbogen in die Seite: „Gell, Herr Inspektor, du bist aba schon a hecheres Viech."

EINMAL WEINEN, IMMER WEINEN

Der langjährige und überaus populäre Landesgendarmeriekommandant von Salzburg, Oberst Siegfried Weitlaner, wurde nach vierundvierzig Dienstjahren von seinem Landeshauptmann mit großem Gepränge verabschiedet. Weitlaner, selbst ein vorzüglicher Redner, mußte nach rührenden Abschiedsworten Wilfried Haslauers antworten. Der Oberst begann markig, aber schon nach wenigen Worten kamen ihm die Tränen. Er faßte sich, aber nach ein, zwei Sätzen öffneten sich wieder die Tränenschleusen.

Nachher beim Buffet fragte Haslauer einen engen Mitarbeiter des Obersten:
„Mich hat das sehr gewundert, daß Weitlaner von meiner Rede so gerührt war."
„Herr Landeshauptmann", versuchte der Gendarmerieoffizier zu erklären, „das hat eine Vorgeschichte."
Der Oberst hatte sich in jedem Bezirk des Bundeslandes Salzburg extra verabschiedet. Beim ersten Mal war er natürlich sehr gerührt. Beim zweiten Mal versuchte er, gefaßt zu sein. Da wurde er gefragt: „Sigi, hat's dir heute nicht gefallen, weil du nicht geweint hast?"
Damit er die anderen nicht kränkte, hatte er halt wieder geweint.

SCHICKSAL

Gendarmerieoberst Wilhelm Winkler, viele Jahre Alpinreferent der Gendarmerie und passendes Gegenstück zum ersten Alpininspektor des Bundesheeres, „Bockerl" Schönböck, bildete nach 1945 den gesamten Nachwuchs der österreichischen Alpingendarmerie aus. Ihm verdankt sie ihren hervorragenden und auch im Ausland beachteten Ausbildungsstand.
Bei einer Bergführerausbildung im Wilden Kaiser 1950 wurde im Poztonkamin das Abseilen geübt. Als Schlußmann war der bekannte oberösterreichische Bergführer Karl Leitner eingeteilt, der die Seile wieder einziehen und die geschlagenen Haken einsammeln sollte. Fast war er mit seiner Aufgabe fertig, als ihm ganz oben beim Herausschlagen ein Haken auskam und den ganzen Kamin hinuntersauste. Wie eine kleine Kanonenkugel schlug er knapp neben dem unten stehenden Oberst Winkler ein, der zu Leitner hinaufrief:
„Willst du einen Oberst umbringen?"
Dieser trocken: „Ja, warum soll's nit amoi an Hechan dawisch'n?"

SCHÜTZENEHRE

Schießen hat in Tirol einen besonderen Stellenwert; das läßt sich an vielen Bezugspunkten feststellen: Freiheitskampf, Schützenwesen, Jagdleidenschaft, Wilderei ...
Beim Landesgendarmeriekommando in Innsbruck stand Schießausbildung auf dem Programm. Geschossen wurde mit der Pistole, fünf Patronen auf die vorlaufende Figur. Ein älterer und ob seiner kauzigen Art in Tirol weithin bekannter Rayonsinspektor hatte nur einen einzigen Treffer zu verzeichnen, und zwar im „Schritt" der Figur, gerade noch so, daß die Pappscheibe leicht angekratzt war. Unser Mann meldete das Schießergebnis dem Aufsichtsführenden: „Herr Oberstleutnant! Ich melde Übung abgeschlossen, fünf Patronen, ein Treffer, Bedingung erfüllt!"
Der Offizier leicht mißbilligend: „Na, mein Lieber, berühmt ist das gerade nicht!"
Worauf der in seiner Schützenehre zutiefst Getroffene wütend zurückschnaubte:
„Wos hoaßt nit berihmt, mecht segn, wia weit du no lafst, wenn i di in die E ... schiaß!"
P. S. Übersetzung ist hoffentlich nicht nötig.

SCHICKEN LASSEN

Wenige Jahre nach Kriegsende herrschte in der Bundesgendarmerie oft noch Zund und Drill wie in der Wehrmacht des Deutschen Reiches, waren doch die meisten Offiziere und leitenden Gendarmeriebeamten Kriegsteilnehmer. Auch die Gendarmerieschüler, wenngleich jünger, hatten meist bereits Kriegsdienst geleistet, waren oft schon verheiratet, durften aber nur mit besonderer Erlaubnis die Schule verlassen. Dienst, soll heißen Unterricht, war bis Samstag zwölf Uhr; anschließend Rapport beim Schulkommandanten für besondere Bitten.
Kommandant der Gendarmerieschule Karawankenhof bei Ferlach in Kärnten war Stabsrittmeister Wastl, ein Mann

Festgemauert in der Erden

NUMMERNADEL

mit preußischer Dienstauffassung – dementsprechend wortkarg.
Der erste Gendarmerieschüler: „Herr Stabsrittmeister, bitte um Stationsverlaß, ich muß mir frische Wäsche holen."
Antwort des Stabsrittmeisters: „Schicken lassen!"
Der zweite Schüler: „Bitte um Stationsverlaß, ich muß mir neue Schuhe von zu Hause holen."
Antwort: „Schicken lassen!"
Der dritte: „Bitte um Stationsverlaß, ich brauche Verpflegung. Wir haben zu Hause einen Bauernhof."
Antwort: „Schicken lassen!"
Der vierte Gendarmerieschüler: „Bitte um Stationsverlaß, meine Frau hat entbunden!"
Antwort: „Schicken lassen!"
P. S. Das „Schicken lassen" des Stabsrittmeisters war jahrelang in der Kärntner Gendarmerie ein bei jeder Gelegenheit gebrauchtes Wortspiel.

DER TROSTSPENDER

Es gehört zu den selbstverständlichen Pflichten jedes Vorgesetzten, einen bettlägerigen Mitarbeiter – natürlich nicht bei Grippe, aber bei einer ernsten Erkrankung – zu besuchen.
Bezirksinspektor Hans Grilc von der Kärntner Autobahngendarmerie lag 1982 im Krankenhaus. Als ihn sein Chef, Abteilungsinspektor Fritz Moser, besuchen wollte, wurde ihm bedeutet, sein Kollege sei ernstlich erkrankt. Er möge daher bei seinem Besuch nicht nach dessen Zustand fragen, sondern ihm lieber heitere Dinge erzählen.
Abteilungsinspektor Moser kommt also in das Krankenzimmer, sieht einen stark abgemagerten Kollegen liegen, vergißt darob alle Verhaltensmaßregeln, schlägt die Hände zusammen und sagt in seiner bekannt gutmütigen Art voller Mitgefühl: „Mei Hans, wia schaugst denn du aus, als wia glei zum Sterben!"

HELDEN UNTER SICH

Die Frau Gemahlin des Bezirkskommandanten N. beschwert sich bei ihrem Mann, daß die Frau des Postenkommandanten sie nicht in der dem geringeren Dienstalter ihres Mannes entsprechenden Weise grüße. Sie veranlaßt ihren Mann, durch einen Brief seinen Untergebenen aufzufordern, in entsprechender Weise auf dessen Frau einzuwirken.
Der Postenkommandant beantwortet das Schreiben des Vorgesetzten so:
„Gewünschte Einflußnahme leider unmöglich. Stehe selbst unter dem Pantoffel."

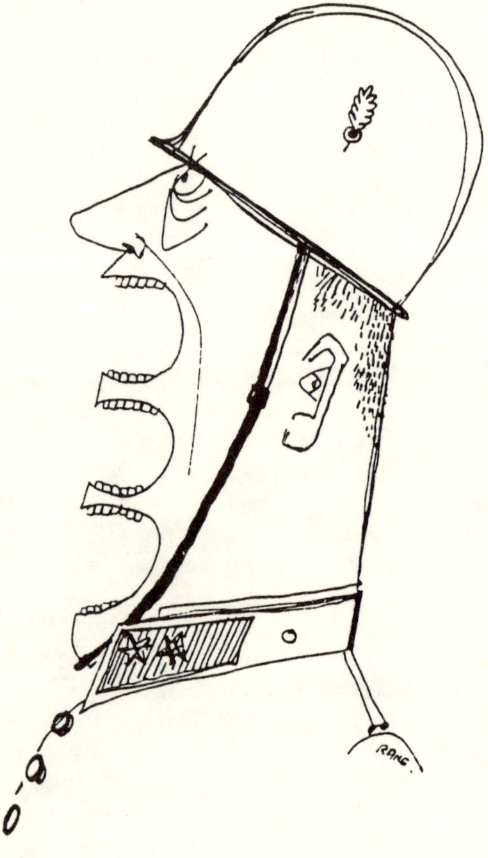

DER AUTOKRAT

Josef Kimmel spielte für die Gendarmerie der Nachkriegsjahre wohl eine ähnliche Rolle wie Josef Holaubek für die (Wiener) Polizei – er hatte prägenden Charakter. Dabei sind beide Persönlichkeiten nicht vergleichbar: Da der noch in der kaiserlichen Armee verwurzelte Offizier, 1938 in führender Stellung im Sicherheitswesen des Ständestaates, nach dem „Anschluß" sofort verhaftet und zusammen mit Leopold Figl im ersten Transport nach Dachau verfrachtet – dort der Sozialdemokrat, der in der Ära Dollfuß-Schuschnigg in der Illegalität kämpfte. Was sie verband, war Mut gegenüber den Besatzern.
General Dr. Josef Kimmel hatte nichts von der Legerheit seines Pendants: er war humanistisch gebildet, distanziert und streng, gleichzeitig aber fürsorglich im Sinne alter Vorgesetztentradition. Obwohl er bereits 1962, vor mehr als einem Vierteljahrhundert, in den Ruhestand trat, lebt er in der Überlieferung der Gendarmerie noch recht lebendig weiter.

APPETIT VERGANGEN

Die Inspizierung durch den Gendarmeriezentralkommandanten (derartige Wortungetüme schafft nur die Beamtensprache) General Dr. Kimmel in der Rennwegkaserne mußte wohl angesagt gewesen sein, denn der Speiseplan enthielt das für die Nachkriegszeit eher rare Schweinefleisch, genauer gesagt: Kümmelbraten.

Der General betrat zur Mittagszeit den Speisesaal. Gemessenen Schritts ging er von Tisch zu Tisch, ein paar gönnerhafte Worte hier, ein freundlicher Blick da. Schließlich blieb er an einem Tisch stehen, legte einem jungen Gendarmen die Hand jovial auf die Schulter und fragte fast väterlich: „Na, junger Mann, was gibt es denn heute Gutes?“

Der Angesprochene antwortet in seiner unverfälschten Kärntner Mundart: „Heit gib's a Kimmelfleisch, Herr General!“

General Kimmel soll an diesem Tag auf das Essen verzichtet haben.

DER MANN OHNE HUT

General Kimmel legte größten Wert darauf, daß die Beamten der Erhebungsabteilung (der heutigen Kriminalabteilung), die in Zivil Dienst versahen, immer korrekt gekleidet waren, wozu – nach Ansicht des Generals – ein Hut gehören mußte (den Fernsehinspektor Schimanski gab's damals noch nicht). Einer der Beamten dieser Abteilung, der später sehr erfolgreiche Chef der niederösterreichischen Kriminalabteilung, Oberst Johann Schachner, liebevoll auch „Maigret“ genannt, war wohl immer sehr korrekt gekleidet, ging aber grundsätzlich ohne Hut. Dafür hatte er ein sehr prominentes Beispiel: auch der einstige General Körner trug nie, auch als Bundespräsident, einen Hut.

Eines Tages „erspähte“ General Kimmel in der Wiener Innenstadt den hutlosen Schachner, der ihm zwar nicht mit Namen, aber vom Sehen bekannt war. Am nächsten Tag ließ Kimmel die Beamten der Erhebungsabteilung antreten, um den „ruchlosen Hutlosen“ zu identifizieren.

Der kriminalistische Trick des Generals war aber nicht zielführend: Schachner war, Böses ahnend, zur „Hutkontrolle“ nicht angetreten und blieb somit für immer als „Mann ohne Hut“ unentdeckt.

GENERALMARSCH

Gendarmeriegedenkfeier 1953 in der Rennwegkaserne. Angesagte Gäste: Innenminister Helmer, Politiker der großen Koalition, die Spitzen der Exekutive und Angehörige der Schulabteilung.
Kommandant der ausgerückten Truppe: Major Dr. Ferdinand Käs, der spätere Sektionschef. Auftrag an den Trompeter, Revierinspektor Schmidt, am Eingang zum Innenhof: Blasen des Generalmarsches bei Erscheinen von General Kimmel.
Generalmarsch. Major Käs: „Baon Habt acht! – Baon Rechts schaut!" Stille.
Im Innenhof erscheint ein höherer Offizier der Justizwache samt Anhang. Major Käs wird bleich und seine bekannte Donnerstimme hallt durch den stillen Innenhof: „Schmidt!"
„Herr Major?"
„Du Trottel – wegen jedem Würstelverkäufer blast den Generalmarsch!"

DIE BEDEUTUNG HERDERS

Solange Österreich viergeteilt war, ließ die russische Besatzungsmacht keine einheitliche Ausbildung der Gendarmerieoffiziere zu. In den einzelnen Besatzungszonen gestaltete sie sich recht unterschiedlich, auch der Auswahlvorgang war nicht gerade durchsichtig. Auswahlprüfung gab es keine; wer Offizier werden sollte, hing sehr wesentlich davon ab, welche Meinung die Vorgesetzten von einem Beamten hatten. So erfuhren zwei Tiroler Gendarmen, die sich um die Offizierslaufbahn bemühten, daß sie sich in Wien beim Gendarmeriezentralkommandanten vorzustellen hätten, der entscheiden werde, ob sie geeignet seien oder nicht.
In ihrer besten Uniform, mit einem flauen Gefühl im

Magen, traten sie nach einer langen Eisenbahnfahrt dem bekannt strengen General Dr. Kimmel gegenüber. Militärisch stramm meldeten sie sich – die ziemlich scharfe optische Musterung ging gut vorbei.
Dann folgten Fragen nach Elternhaus, Schulbildung und welche Fächer man zur Maturaprüfung gewählt habe. Als einer der Tiroler Beamten erklärte, ein humanistisches Gymnasium besucht zu haben und Deutsch wie Latein als Maturafächer angab, wollte Dr. Kimmel wissen, wie viele römische Könige es gegeben habe. Die Antwort kam zögernd und ausweichend: „Die Zahl ist historisch nicht belegt!“ Unwirsch begann der General fließend Livius zu zitieren. Gott sei Dank war die Gymnasialzeit noch nicht so weit weg, daß der Offiziersaspirant nicht folgen konnte. Als Dr. Kimmel neuerlich fragte, wie viele römische Könige es gegeben habe, kam stolz die Antwort: „Laut Livius sieben!“ Brummelnd nahm der General dies zur Kenntnis. Wechsel im Gegenstand: „Wo liegt die Bedeutung Herders?“, also eine Frage, die für die weitere Berufslaufbahn eines Gendarmen von eher geringer Relevanz war. Nach Ansicht des Aspiranten lag diese im Bemühen Herders um die deutsche Sprache als Sammler und Übersetzer deutschen Sprachgutes und Wegbereiter der deutschen Klassik. Kimmel war damit nicht zufrieden, er bohrte und bohrte; der junge Aspirant verstummte restlos. Auch sein Tiroler Kamerad wußte nichts mehr.
General Kimmel resignierend: „Ja lernt ihr in der Schule gar nichts mehr?“
P. S. Ob wohl heute noch viele Offiziersanwärter der Gendarmerie einen solchen Aufnahmetest bestehen würden?

AUF PATROUILLE

Während der Bürgermeister schon durch seine Wahl eine Vertrauensperson – zumindest für die Mehrheit – ist, und auch der Pfarrer und der Lehrer, durch die Institution, die sie repräsentieren, beim Amtsantritt einen gewissen Vertrauensvorschuß haben, muß sich der Gendarm diesen erst mehr oder weniger mühsam erarbeiten. Dabei ist das Feld seiner Amtshandlungen sehr weit.

DER KONFIDENT

Bei einem Gendarmerieposten im Bezirk Krems bietet sich ein eher einfältiger Mann als Konfident an. Er wisse, wo im Bezirk Rauschgift umgesetzt werde, und zwar nach derselben Methode wie er es im Fernsehen gesehen habe: in weißen Kugeln. Der Postenkommandant nickt beifällig und entläßt den Hobby-Fahnder mit der Beteuerung, man werde ihn rufen, sobald ein konkreter Verdacht vorliege.
Am nächsten Tag sucht der Beamte auf einer Patrouillenfahrt das Rasthaus Eichberger auf. Dort klagt ihm der Wirt sein Leid: „I waaß nimma, Herr Insepktor, wos i tuan soll. Seit an halben Jahr klaut mir ana täglich die ‚Brunzkugeln‘ aus dem Herrenklo.“
Da geht dem Bezirksinspektor ein Licht auf: „I waaß, Herr Wirt, wo die Kugeln san!“

DER GESTOHLENE SCHRANK

Ein wertvoller bemalter Bauernschrank war gestohlen worden. Einige Tage später erhielt die Kriminalabteilung der Salzburger Gendarmerie einen vertraulichen Hinweis, man möge bei einem der Hehlerei verdächtigen Mann in der Bessarabierstraße in Salzburg nachsehen. Also machte sich Inspektor Manfred Dürager, inzwischen als *Lucona*-Ermittler auch über Salzburg hinaus bekannt, mit einem Kollegen auf den Weg und fand an der angegebenen Adresse tatsächlich den gestohlenen Schrank. Man verlud ihn auf die Dachgalerie des Dienstwagens, und die beiden Inspektoren traten die Rückfahrt an.
Sie kamen aber nicht weit, da sahen sie sich am Ende der Bessarabierstraße vor einem Lokal mit einer Massenrauferei konfrontiert, die unter den dort wohnenden Ausländern ausgebrochen war. Mit einiger Mühe gelang es den Inspektoren, die Raufenden zu trennen, die – da keiner verletzt war – blitzschnell verschwanden. Verschwunden war auch der vorher sichergestellte Schrank ...

DER VERRÄTERISCHE RECHTSCHREIBFEHLER

Im Sommer 1986 wurde einem Fleischergesellen die Zimmereinrichtung zerlegt, sogar die Schuhe und das Bettzeug zerschnitt man ihm. An die Eingangstüre schrieb ein vorerst unbekannter Täter überdies mit einem Lippenstift mehrere Schimpfworte, unter anderem auch: „Du Arschloch, du Drecksau“.
Da anzunehmen war, daß sich der Täter unter den Arbeitskollegen befinde, wurden diese aus den Betten geholt und zu einem Diktat aufgefordert. Sechs an der Zahl saßen sie in verschiedenen Ecken eines Zimmers und schrieben eine Serie von Schimpfwörtern, die ihnen der Gendarm diktierte. Unter dem großen Gelächter seiner Arbeitskollegen konnte der Täter überführt werden: auch im Diktat hatte er nämlich die gleichen Fehler gemacht.

RECHTSKUNDIG

Ein deutscher Urlaubsgast, Professor der Staatswissenschaft, angelt an einem Kärntner See. Steht plötzlich ein Gendarm hinter ihm und fragt ungeduldig:
„Mit welchem Recht angeln Sie hier?"
Gelassen dreht sich der Professer um:
„Mit dem mir gegebenen Recht des genialen Intellekts über die mir unterlegene animalische Kreatur."
„Entschuldigen S' bitte", lenkt der Gendarm ein, „man kann ja schließlich net alle neuen Gesetze kennen."

DIENSTHUND GEGEN HAUSSCHWEIN

„Die Sau rauslassen" und zu einem anderen Landwirt bringen wollte ein Bauer in Pernegg in Oberösterreich. Dabei entkam das Schwein. Da die Suche erfolglos war, wurde der Gendarmerieposten Kirchdorf verständigt. Zwei Beamte nahmen mit einem Diensthund die Fährte der entlaufenen Sau auf und konnten sie nach einer längeren Verfolgung in einem Hochwald „stellen". Das Schwein wollte sich jedoch nicht geschlagen geben und ging „tätlich" gegen die Beamten und den Diensthund vor, sodaß es erschossen werden mußte. Der Diensthund blieb unverletzt.

DIE VERNEHMUNG

In der kleinen Ortschaft Haiden bei Bad Ischl war es zwischen zwei Nachbarinnen zu einer tätlichen Auseinandersetzung gekommen, wobei beide leicht verletzt wurden. Bei der Einvernahme schilderte Frau N., ein stämmiges Frauenzimmer mit großen, arbeitsgewohnten Händen, dem Revierinspektor Alfred Putz wortgewaltig den Hergang. Wiederholt beteuerte die Frau ihre Unschuld an der Verletzung ihrer Kontrahentin und meinte, sie habe ihr nur ein kleines „Tapperl“ ins Gesicht gegeben. Von ausgerissenen Haaren und Würgemalen am Hals wollte sie überhaupt nichts wissen. Der Wortschwall der „Dame“ war so gewaltig, daß der Revierinspektor Mühe hatte, sich zu konzentrieren. Nur im Unterbewußtsein nahm er wahr, daß ihm die Frau wiederholt zeigen wollte, wie klein das „Tapperl“ gewesen sein soll.

Um zu zeigen, daß er sie doch verstanden habe, nickte er mehrfach. Plötzlich knallte es, und P. faßte eine fürchterliche Watsch'n, daß sein linkes Ohr nur so klingelte und auf seiner Wange die Finger ihrer Hand zu sehen waren. Der Inspektor brauchte einige Augenblicke, um sich darüber klar zu werden, daß er ihr ja erlaubt hatte, ihm das kleine „Tapperl“ zu zeigen.

P.S. Bezirksinspektor i. R. Alfred Putz hat uns diese Geschichte selbst geschrieben.

DER FALSCHE ARZT

Die Kriminalabteilung Klagenfurt hatte einen Raubüberfall zu klären. Zur Überprüfung des Alibis von zwei tatverdächtigen Brüdern war Kriminalinspektor Dullnigg bei der Mutter der beiden. Was der Beamte nicht wissen konnte, war, daß die Frau gerade auf einen Arztbesuch – eine Vertretung ihres angestammten Hausarztes – wartete. Als Dullnigg eintrat, saß die Frau schmerzverkrümmt auf dem Diwan. Sofort belegte sie ihn mit einem Redeschwall über alle ihre Beschwerden: „Da tut's so weh, Herr Dokta, und die Beine kann ich kaum bewegen, Herr Dokta, und schaun S' einmal daher, was das für Flecken san, Herr Dokta." Schon war sie dabei, sich oben frei zu machen, als es dem Kriminalbeamten endlich gelang, die Sachlage klarzustellen. Diese Überraschung dürfte mehr bewirkt haben als die beste Medizin, denn plötzlich sprang die eben noch Schwerkranke auf und war quicklebendig.

DEIN FREUND UND HELFER

An einem trüben und regnerischen Sonntag im Spätherbst 1962 kam am späten Nachmittag eine sehr attraktive Frau von etwa dreißig Jahren zum Gendarmerieposten Bad Ischl und bat um Hilfe. Sie hatte die Türe ihres VW-Käfers zugeschlagen, und die Schlüssel steckten innen.
Während die Beamten noch beratschlagten, was sie tun könnten, machte die Dame selbst den Vorschlag, das Schwenkfenster neben dem Beifahrersitz einzuschlagen und so den Wagen zu öffnen. Ein gerade anwesender Kollege der alpinen Einsatzgruppe, sonst gar nicht so hilfsbereit, holte in Anbetracht der sehr hübschen Frau einen Kletterhammer aus seinem Alpingerät, ging mit ihr zum Wagen und zertrümmerte das rechte Schwenkfenster. Der darauf folgende Aufschrei der Dame: „Um Gottes willen, das ist ja gar nicht mein Wagen" ließ ihn ziemlich belämmert dreinschauen. Der richtige Käfer stand zwei Fahrzeuge weiter vorne, und, was das Beste war: die Beifahrertüre war ohnehin nicht versperrt.

DER NACHTVOGEL

Ein dienstfreier Beamter, bekannt für seine nächtlichen Ausflüge, kehrte eines Nachts leicht beschwingt in seine Unterkunft am Posten zurück. Die Schwingungen waren etwas zu groß, sodaß er gegen eine Fensterscheibe stolperte und diese in Trümmer ging. Natürlich mußte eine Meldung an das Landesgendarmeriekommando erstattet werden. Aber wie sollte man den Vorfall – es war ja an sich eine Kleinigkeit – zu Papier bringen, um die Sache nicht unnötig aufzubauschen? So hieß es dann in der Meldung: „Ein Nachtvogel dürfte gegen das Fenster geflogen sein und die Scheibe zertrümmert haben." Womit ja auch wirklich keine Falschmeldung erstattet worden war.

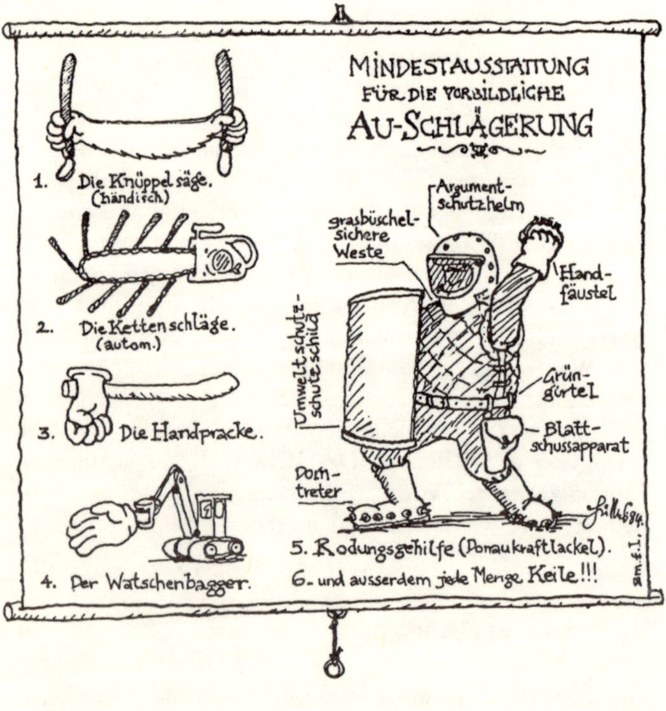

DIENST IST DIENST

Viel war in diesem Buch schon von typischen Eigenschaften der Österreicher zu lesen: dem Hang zum Kompromiß, dem Mangel an Konfliktbereitschaft, den goldenen, sogenannten Lebensweisheiten („Wir werden kan Richter brauchen“, „Einmal ist keinmal“). Hier soll nun die Rede von Exekutivbeamten sein, die kompromißlos ihren Dienst versahen – und sich damit natürlich den Spott der näheren Umgebung zuzogen.

FAMILIENSTRAFE

Es ist noch vor der ersten Motorisierungswelle in den fünfziger Jahren. Der Kommandant des Gendarmeriepostens Eisenkappel patrouilliert persönlich durch die Ortschaft, um einmal streng den Verkehr zu überwachen.
Es ist schon dunkel, da erspäht der Postenkommandant eine Radfahrerin ohne Beleuchtung. Die Frau wird sofort durch Rot-Signal der Taschenlampe gestoppt. Zu seinem Schrecken erkennt der Herr Bezirksinspektor in der straffälligen Radlerin seine Frau. Streng nach Dienstvorschrift wird eingeschritten, ein Strafzettel ausgestellt und als Bestrafung für „Radfahren ohne Licht“ der damals geltende Satz von zwei Schilling gefordert. Die „Sünderin“ schaut ihren Gatten verzagt an, worauf dieser seine Geldbörse zückt, zwei Schilling herauskletzelt, und diese in die Diensttasche gleiten läßt, wo die Strafgelder aufbewahrt werden.
Gruß- und wortlos setzen beide ihren Weg fort – die Frau Postenkommandant schiebt allerdings nun ihr Rad.

DER GEMEINDERATSBESCHLUSS

Der bekannte Heurigenort Perchtoldsdorf wurde in der NS-Zeit – wie viele andere Orte rund um Wien – von Niederösterreich (damals Niederdonau) abgetrennt und dem neuen Gau Groß-Wien einverleibt. Erst im September 1954 gestattete die sowjetische Besatzungsmacht die Rückgliederung dieser Gemeinden an Niederösterreich.
Die Wiener Polizei zog am 1. September ab, und niederösterreichische Gendarmen, aus entlegenen Teilen des Landes zusammengetrommelt, übernahmen am 2. September deren bisherige Aufgaben. Während die Wiener, meist selbst Weintrinker, bei den Heurigen die Sperrstunde eher großzügig regelten, griffen die zugewanderten Gendarmen eisern durch. Bereits am 10. September faßte der Gemeinderat von Perchtoldsdorf den einstimmigen Beschluß, man wolle wieder zurück nach Wien.

RICHTIGER VERKEHRSDIENST

Es war knapp nach dem Zweiten Weltkrieg, zu einer Zeit, als die Strafzettel für Verkehrssünden noch S 5,– kosteten. Der Kommandant des Gendarmeriepostens in einer Kleinstadt im westlichen Österreich war ein Beamter, der nach dem Ersten Weltkrieg in die Gendarmerie eingetreten war, weil er nicht in seine böhmische Heimat zurück wollte. Wie viele seiner Landsleute im Staatsdienst schrieb er ein zwar etwas antiquiertes, aber orthographisch fehlerfreies Deutsch, beim Sprechen aber schlug seine böhmische Abstammung durch.
Eines Tages schickte er seinen jungen Probegendarmen zur Verkehrsüberwachung los. Der Beamte meldete sich zurück, ohne auch nur eine Organstrafe verhängt zu haben. Da erhob sich der Kommandant zu voller Größe und sprach belehrend: „Probewenzel, du mußt noch lernen. Du kannst nix machen Verkehrsdienst. Komm mit, ich werd' dir zeigen, wie man macht Organmandat.“ Er

ging mit ihm auf den Platz vor dem Postgebäude und baute sich an einer Straßenecke auf. Kurz darauf bog ein PKW um die Ecke. Der Postenkommandant stoppte den Lenker: „Sie zahlen sich 5 Schilling, weil Sie haben nix gehupt!“ Sprach's und kassierte. Schon bog das nächste Fahrzeug um die Ecke; diesmal gab der Lenker ein Hupsignal. Auch er wurde gestoppt: „Sie zahlen sich 5 Schilling, weil Sie haben gehupt.“
Nachher konnte sich's der „Probewenzel“ nicht verkneifen, seinen Chef zu fragen, nach welchen Vorschriften er diese Strafen verhängt habe? Der alte Bezirksinspektor lächelte nachsichtig:
„Probewenzel, hab ich dir gesagt, du mußt lernen, wie man macht Verkehrsdienst. Steht im Gesetz: Hupen, wenn Verkehr erfordert! Und was Verkehr erfordert, bestimmt Gendarm!“

ANGEWANDTE PÄDAGOGIK IM VERKEHRSDIENST

Heutzutage wäre das ja kaum noch möglich, aber früher hatten die Leute noch mehr Humor, und schließlich kam die „Delinquentin“ bei der folgenden Geschichte doch auch billig davon:
Eine junge Lehrerin erschien eines Tages am Posten und übergab dem Postenkommandanten einen Bogen Papier. Darauf stand fünfzigmal geschrieben: „Ich darf bei Dunkelheit mit dem Fahrrad nicht ohne Licht fahren!“
Auf die Frage des Postenkommandanten, was das bedeuten solle, erwiderte die Lehrerin, daß sie am Vortag abends von einem jungen Beamten des Postens beim Radfahren ohne Licht ertappt worden sei. Der Herr Inspektor hatte ihr freundlich erklärt: „Liebes Fräulein, was wäre Ihnen lieber, eine Organmandatsstrafe zahlen oder einen Satz fünfzigmal schreiben?“ Sie habe sich für das Schreiben entschieden und nun sei sie hier, um es abzuliefern. Als Beschwerde solle die Angelegenheit aber nicht aufgefaßt werden.

Noch ehe der Postenkommandant etwas erwidern konnte, war die Lehrerin wieder weg.
Fazit: Der Herr Inspektor dürfte in der Volksschule einschlägige Erfahrungen gesammelt, und sich diese gut gemerkt haben.

ZEUGENLADUNG

Eine junge Frau sollte in einem Gerichtsverfahren als Zeugin aussagen, konnte jedoch ihrer Zeugenpflicht nicht nachkommen, weil sie schwanger war und ihre Niederkunft kurz bevorstand. Daher wurde die Verhandlung auf einen späteren Zeitpunkt vertagt.
Nach etlichen Wochen erging vom Gericht an den örtlichen Gendarmerieposten der Auftrag, zu erheben, ob die Zeugin inzwischen einer neuerlichen Ladung Folge leisten könne. Der Beamte suchte die junge Mutter auf; das Ergebnis der Erhebungen las sich dann so:
„Die Zeugin hat einen gesunden Knaben entbunden und kann jederzeit neu geladen werden."

DIE LEBEDAME

Will heutzutage ein Bürger Wohnung oder gar Wohnort wechseln, braucht weder er noch der zuständige Beamte mehr als ein Formular auszufüllen. Nach dem Krieg, als man auf dem Land gegenüber Neuankömmlingen noch recht mißtrauisch war, gab es die Institution des „Auskunftszettels". Dieser Auskunftszettel – ein DIN-A5-Formular, beidseitig bedruckt – wurde benützt, um bei anderen Dienststellen Auskünfte über das Vorleben von Personen einzuholen, die in einen Ort zuzogen, um dort ständig zu leben oder auch nur für längere Zeit dort zu arbeiten.
Der folgende Schriftverkehr zwischen zwei Gendarmerieposten wurde über eine mehr als sechzig Jahre alte Frau geführt, die von einem Hotel als Saisonköchin angestellt worden war.

Die Stützen der Gesellschaft

Vor Gericht

Posten A, zuständig für den fixen Wohnort der Köchin, füllte das DIN-A5-Blatt sorgfältig aus. Auf Jahre zurück wurde aufgelistet, von wann bis wann und wo die Frau jeweils in der Sommer- und Wintersaison gearbeitet hatte. Die Liste war beachtlich. Der Beamte, der jahrelang auf ein und demselben Posten Dienst getan hatte und kaum aus seiner engeren Heimat hinausgekommen war, kam daher auf dem „Auskunftszettel“ zu folgendem Schluß:
„Aufgrund ihres umherziehenden Lebenswandels muß die Obgenannte als Lebedame bezeichnet werden.“

ZUSAMMENARBEIT

Bald nach Aufstellung des Bundesheeres begann man sich im Verteidigungsministerium Gedanken zu machen, wie man die flachen Landesteile im Osten befestigen könne, wo es kaum natürliche Hindernisse gibt. Zur Probe baute man streng geheim am Ostrand des Truppenübungsplatzes Bruck an der Leitha eine Reihe von Bunkern und Verteidigungsstellungen. Nachdem dies bekannt geworden war, fingen die österreichischen Kommunisten an, in ihrer Parteizeitung „Volksstimme“ gegen den „Schleinzerwall“, wie sie die Brucker Stellungen nach dem damaligen Verteidigungsminister nannten, zu polemisieren. Als dann eines Tages die „Volksstimme“ zu einer Fahrt zum „Schleinzerwall“ aufrief, rotierte man beim Bundesheer, bei der zuständigen Bezirkshauptmannschaft in Bruck, bei der Gendarmerie in Niederösterreich und im Burgenland. Guter Rat war teuer. Die Kommunisten sollten, natürlich ohne Gewalt anzuwenden, daran gehindert werden, in den zum Teil direkt an der Straße gebauten „Schleinzerwall“ einzudringen; angesichts der Ereignisse des Jahres 1934 wollte man aber keine Soldaten einsetzen.
Da hatte ein alter Gendarmeriebeamter eine zündende Idee. Als sich am angekündigten Tag die Kolonne mit Autobussen aus Wien dem Ziel näherte, waren überall Halteverbotstafeln aufgestellt. Die dahinter postierten Gendarmen winkten die Kolonne einfach durch.

BLAUES BARETT

Daß österreichische Soldaten („Blauhelme") seit mehr als zwanzig Jahren Dienst in der Friedensstreitmacht der Vereinten Nationen versehen, ist wohl allgemein bekannt. Für manchen Leser wird allerdings die Tatsache neu sein, daß auch Polizisten und Gendarmen seit dem Bürgerkrieg im Kongo, später auf Zypern und im Libanon und gegenwärtig in Namibia als Streitschlichter eingesetzt sind. Der UN-Dienst dauert in der Regel ein Jahr, dann kehren die österreichischen Polizisten und Gendarmen wieder auf ihre angestammten Rayone, Reviere und Posten zurück. Einige bleiben allerdings ständig im UN-Dienst, wie Bertl Halmdienst und Erich Beyerl.

Auch wenn unsere Grün- und Grauröcke in UNO-Montur in der Fremde auf ganz andere „Gegner" treffen, als es die vertrauten Wiener „Strizzis", Grazer und Linzer „Plattenbrüder", ortsbekannten Randalierer und Streithansln sind, half ihnen das im Vielvölkerstaat Österreich-Ungarn über Generationen vererbte Talent zum Ausgleich, manch heikle Situation zu schlichten. Gelegentlich – vor allem in der Levante – fanden aber auch sie ihre Meister.

DAS MOTORSERVICE

Bertl Halmdienst, ehemaliger Gendarmeriebeamter aus Graz, diente in den siebziger Jahren als „Field Service Officer" bei der UNO in Jerusalem. Da im Libanon vieles billiger war als im inflationären Israel – der Libanon trug vor dem Bürgerkrieg ja das Prädikat „Schweiz des Nahen Ostens" –, kauften viele UNO-Beamte in Beirut ein oder ließen dort ihre Autos reparieren. So auch Bertl Halmdienst. Als er mit seinem Paradestück, einem gelben Mercedes 220 S, nach einem Motorservice von Beirut wieder zurück nach Jerusalem fuhr, hatte er das Gefühl, der Wagen ziehe nicht richtig. Sein Gefühl trog ihn nicht. Kaum hatte er die Motorhaube entriegelt, kam der „Leistungsabfall" zum Vorschein: Die Mechaniker in Beirut hatten seinen kraftvollen S-Motor gestohlen und ihm eine alte, leistungsschwächere 220er Maschine eingebaut.

DIE UNGEWOLLTE HELDENTAT

Die folgende Geschichte stammt vom ehemaligen Police Operations Officer Leo Maier, der heimischen Lesern und Fernsehzuschauern unter dem Namen Leo Frank bekannt: Zypern im Juli 1974. Nicht nur das Wetter ist glühend heiß, auch der Krieg zwischen Griechen und Türken ist voll entbrannt. Die Schlacht um die Hauptstadt Nicosia steht bevor.
Das österreichischen UNO-Polizeikontingent, fünfzig Mann stark, hat schwere Tage hinter sich. Es mußte aus der Kampfzone in das UN-Hauptquartier evakuiert werden. In einer kleinen Kirche notdürftig untergebracht, wartet man auf weitere Befehle.
Der UN-Chief of Staff, Brigadier Henn, verhandelt mit griechischen und türkischen Befehlshabern. Der Flughafen Nicosia, einen Kilometer vom UNO-Hauptquartier entfernt, soll von den Türken gestürmt werden. Die Griechen künden an, sie werden den Airport bis zum letzten Mann verteidigen. Brigadier Henn will Blutvergießen verhindern. Die Spannung erreicht ihren Höhepunkt.
Das kanadische UN-Bataillon verläßt das Hauptquartier, langsam rollen Schützenpanzerwagen und Landrover Richtung Airport. Man will sich zwischen die kämpfenden Verbände postieren, eine möglichst massive Friedenszone bilden.

Der Chief of Staff erinnert sich an die österreichischen Polizisten. Sie sollen mit allen Fahrzeugen die Kanadier verstärken. Er gibt diesen Befehl an Maier weiter. „Ihr fahrt mit allem, was Räder hat, bis zum Airport Terminal" sagt Maier zu seinen Mannen. „Dort wartet ihr auf weitere Befehle. Ich habe noch was zu erledigen im Hauptquartier und komme nach."
Zehn Minuten später fährt er mit seinem Landrover Richtung Terminal. Dort sieht er die Spitze der kanadischen Kolonne geparkt. Weit und breit keine Austrians. Maier trifft fast der Schlag: Es gibt zwei Terminals, einen alten und einen neuen. Er hat in der Eile seine Kameraden zum falschen Terminal geschickt, direkt vor die Stellungen der Griechen.
Langsam und mit Herzklopfen fährt er dorthin, vorbei an grimmig blickenden griechischen Soldaten hinter Maschinengewehren und Panzerabwehrkanonen. Das kleine Häuflein Österreicher ist um seinen Kommandanten geschart. Als Maier hinzukommt, empfängt ihn sein Chef Dr. Herbert Fuchs: „Sag einmal, bist teppert? Oder willst dir ein Ritterkreuz verdienen?"
Maier klärt seinen Irrtum auf. Was aber ist jetzt zu tun?
Die Österreicher sind erfahrene UNO-Polizisten. Sie wissen: Nur keine Unsicherheiten zeigen, das ist das Schlimmste. Commander Fuchs gibt den Befehl: Alle Fahrzeuge werden so vor die MGs und Kanonen abgestellt, daß sie nicht schießen können. Ruhig stellen die Polizisten ihre Landrover direkt vor die Mündungen, beginnen dann zu rauchen und zu plaudern. Das Wunder ist perfekt, kein Schuß fällt.
Maier versucht nun, eine UNO-Fahne auf dem hohen Flaggenmast vor dem Terminal zu hissen, aber es gelingt nicht. Durch die vorangegangenen Schießereien ist die Vorrichtung am Mast beschädigt worden. Der Gendarm Willi Pittner tritt zu ihm. „Oberst", sagt er, „ich bin ein alter Maibaumkraxler. Da hinauf komme ich wie nix." Er steckt die Fahne in den Hosenbund, beginnt zu klettern.
Es gelingt. Die UNO-Fahne weht. Die griechischen Soldaten schnattern anerkennend ob der sportlichen Leistung.

Colonel Maier nimmt sein Funkgerät, meldet die Besetzung des Flughafens und Hissen der UN-Flagge an das Hauptquartier.
Dort herrscht ungläubiges Staunen. Nach einigen Rückfragen kommen die Kanadier nach. Sie entwaffnen die Griechen und transportieren die Soldaten ab. Kanadische Offiziere klopfen den Austrians auf die Schultern: „Euer Handstreich war einfach großartig!"
Abends in der Offiziersmesse hält Colonel Maier die Lobgesänge über die österreichischen Polizisten nicht mehr aus. Er gesteht seinen Irrtum, und daß alles nur Zufall war. Die UNO-Generalstäbler lachen trotzdem Tränen.

DER RÜCKKAUF

Pech hatte der ehemalige Salzburger Polizeirevierinspektor Erich Beyerl, ebenfalls im UN-Field Service tätig und wie Bertl Halmdienst eine beliebte Anlauf- und Betreuungsstelle für die österreichischen UNO-Soldaten. Beyerl fuhr einen großen amerikanischen Wagen; Zollvergünstigung und kaum nennenswerte Benzinpreise drückten die Kosten eines „Ami-Schlittens" im Nahen Osten unter die für einen Kleinwagen in der Heimat.
Als ihm einmal am linken Vorderrad eine chromblitzende Radzierkappe fehlte, ließ er sich in Beirut vom Hotelportier eine gebrauchte Radkappe besorgen. (Anders als bei uns, wo man über einen Hotelportier höchstens Theater- und Festspielkarten bekommt, war in Beirut über diese Männer nahezu jede Besorgung möglich.) Am nächsten Morgen, nach dem Frühstück, zeigte der Portier dem Salzburger Polizisten stolz die bereits am linken Vorderrad montierte Zierkappe. Schulterklopfen, Bezahlung und Bakschisch. Beyerl brauste zurück nach Jerusalem. Kaum meßbar war sein Ärger, als er beim ersten Tankstopp feststellen mußte, daß ihm der Beiruter Portier seine eigene Radkappe vom rechten Hinterrad verkauft hatte.

BRODAS ERBEN

DIE JUSTIZWACHE

Der „Frosch" mag vielen als Urahn der Gefängnisaufseher scheinen; im „Landl", in Stein und in der Karlau geht es aber nicht so fidel zu wie in der „Fledermaus".
Das spürten wir auch bei unseren Recherchen. So haben wir respektiert, daß es im Gefängnis – abseits von Schuld – um Menschenschicksale geht, mit denen man keinen Spott treiben sollte. Das Kapitel ist dadurch etwas dünner ausgefallen; ein paar „Schmankerl" können wir Ihnen aber dennoch bieten.

DER „SCHREINER“

Er ist zwar nur gewissen Kreisen näher bekannt, da aber niemand von uns weiß, ob er nicht auch einmal dazugehören wird, raten wir Ihnen, dieses Kapitel nicht zu überblättern.

DIEBE UND SÄNGERKNABEN

Was Christian Broda, Langzeit-Justizminister (Broda stand dem Justizressort neunzehn Jahre vor und war damit der am längsten amtierende Minister der Zweiten Republik), für die Gesetzgebung war, ein manchmal fast besessener Reformer, ist Hofrat Dr. Karl Schreiner für den Strafvollzug. Viele stoßen sich daran, daß er sich „draußen“ so gibt wie „drinnen“: herzerfrischend direkt, in einer Sprache, wie er sie mit seinen „schweren Jungen“ spricht. Sein Credo des Strafvollzugs ist die Resozialisierung. Rückschläge, und die gibt's natürlich, nimmt er gelassen hin. Der Stein-Hofrat: „Wenn ich aus dem Mörder einen Dieb machen kann, dann ist das für die Gesellschaft besser, als ich mache aus einem Dieb einen Sängerknaben.“

HOFRAT EINMAL NACKT

Schreiners zweitliebster Aufenthaltsort, sieht man vom Gefängnis ab, ist die Prater-Sauna. Dort zählt der Häfen-Hofrat zum Stammpublikum und wird stets lautstark begrüßt. Als sich ein ehemaliger Häftling anschickte, seinem Ex-Chef einen Aufguß zu verpassen, musterte ihn der Hofrat mißtrauisch, kam ihm doch der Typ bekannt vor. Keine Reaktion. Erst beim Verlassen der Saunakammer dämmerte es dem „Aufgießer". „Müssen S' schon entschuldigen, Herr Hofrat, daß i Sie net erkannt hab. Aber in Stein hob i Sie nie nockert g'sehn!"

KEIN ESSEN FÜR DEN „MÖRDER"

Jack Unterweger, literarisch begabter Lebenslänglicher, schrieb in der Haft eine vielbeachtete Lebensbeichte, die inzwischen auch verfilmt wurde. Vorgeführt wurde der Streifen mit dem bezeichnenden Titel „Fegefeuer" unter anderem bei den Welser Filmtagen.
Unterwegers Chef, Hofrat Schreiner, hatte es sich nicht nehmen lassen, seinen prominenten „Ausgänger" persönlich nach Wels zu begleiten. Nach der Vorführung waren beide zu einem Essen im stadtbekannten Hotel Greif geladen. Während Häftling Unterweger längst mit vollen Bakken kaute, blieb der Teller seines Direktors leer. Schreiner rief mehrmals nach dem Kellner – keine Reaktion. Schließlich klärte sich die peinliche Verwechslung auf: Ein Kellner hatte den Gefängnisdirektor für den Mörder gehalten und sich geweigert, ihm zu servieren.

ZUMUTUNG

Besonders ausführlich unterhält sich der Direktor des größten „Häfen" des Landes natürlich mit Gefangenen, die nach einer langen Haftstrafe wieder in die Welt außerhalb der Gefängnismauern zurückkehren sollen.

Da saß er nun mit einem einstigen Zuhälter, der bei einer Unterweltsfehde einen Kontrahenten erschossen hatte, und fragte, ob er ihm bei der Jobsuche helfen könnte. „Schaun S', Herr Direktor", meinte der Mann, nach fast zwanzig Jahren Haft inzwischen knapp über sechzig, „was soll i tuan. Für die Mad'ln bin i z'olt; die folg'n ma nimma. I steh vorm Nichts!"
Der Hofrat bemühte sich, ihm dennoch einen Weg zu zeigen: „Sie woan do in der Gegend vom Brunnenmarkt daham. Da ham S' doch sicher Freund. Vielleicht können S' denen bei der Arbeit helfen . . . Kisten schupf'n!"
Der Ex-Zuhälter wurde blaß: „Über alles können S' mit mir reden, Herr Hofrat, aber des net. I hob mei ganzes Leben guat g'lebt und nur andere für mi arbeiten lossen." Schreiner entschuldigte sich für die Zumutung.

DAS „LANDL“

In der Republik der Skandale (AKH, WBO, Bundesländer, Lucona und Noricum) konnte der Kabarettist Martin Flossmann ungeniert texten: „Im Grauen Haus sitzen mehr Akademiker, als es in anderen Ländern Akademiker gibt.“ Als das 1er „Landl“ (so das fast liebevolle Kürzel für das dem Landesgericht I angeschlossene Gefängnis) im Frühjahr 1839 seine Pforten „öffnete“ (richtiger gesagt: schloß) – so berichtet der bekannte Autor und Chronist Georg Markus –, fanden sich bereits zwei wohlbestallte Herren als Häftlinge ein: Bauleiter und Dachdeckermeister des Landesgerichts waren die ersten Insassen ihres eigenen Werkes. Die beiden hatten die k. k. Zivilbaudirektion durch betrügerische Abrechnungen beim Bau der Strafanstalt geschädigt. Damit war das „Landl“ zum AKH des 19. Jahrhunderts geworden.

VERPFLEGSGELD RETOUR

Auch ein Schuldgefängnis war im „Landl“ untergebracht, und dort logierte Wiens Crème de la crème. Hier saß, wer nicht zahlen konnte oder wollte, darunter auffallend viele Aristokraten.

Franz Graf von K. war 1867 wegen einer Schuld von 30.000 Gulden eingeliefert worden. Eines Tages ließ er sich wegen einer Unpäßlichkeit ins Inquisitenspital führen, aus dem er nächstens entwich. Nach gelungener Flucht schickte der elegante Lebemann seinen Diener zur Gefängnisleitung, um das für einen Monat im voraus bezahlte Verpflegsgeld zurückzuverlangen.

ARISTOKRAT

Der Graf, von dem wir nun berichten wollen, war zwar auch „drinnen"; er „saß" aber nicht, denn er war Oberst der Justizwache und Verwalter des „Landls".
Oberst Paul (Graf) Kuenburg verstand es, die Arbeit aufzuteilen; er war geradezu ein Meister im Delegieren. Während der Bauarbeiten zur U2, die direkt am Gefängnis vorbeiführt, stand Kuenburg – seine Kanzlei lag im Parterre – oft am Fenster. Als ein Justizwachebeamter eintrat, drehte er sich behäbig um und meinte, ohne dessen Begehr abzuwarten: „Schauen S', Herr Kollege, jetzt schau' ich dem do schon a halbe Stund' zu. Glaub'n S', der tät was arbeiten?"

S.R.

DIE VISITKARTE

Lange bevor Justizminister Christian Broda an die Reform des Strafvollzugs schritt, hatte Hofrat Max Birnstein das Gefangenenhaus I mit echter Menschlichkeit geführt. Birnstein, als Jude 1938 entlassen, 1945 wieder eingesetzt, brauchte gar keine Gesetzesreform; das Problem der Resozialisierung war ihm auch so bewußt. Seine Hilfsbereitschaft brachte ihn allerdings – wie folgender Fall zeigt – auch in unangenehme Situationen:
Um einem Häftling eine Chance zu geben, wieder Arbeit zu bekommen, schickte Birnstein den Mann zu einem befreundeten Besitzer eines kleineren Betriebes im 2. Bezirk, in der Leopoldstadt. Statt dort vorzusprechen und sich um einen Job zu bewerben, wartete der entlassene Häftling den Betriebsschluß ab, um dann einzubrechen.
Hofrat Birnstein hatte, um das Entree des Ex-Häftlings zu verbessern, diesem seine Visitkarte mitgegeben. Die fand die Polizei am Tatort, nachdem der Besitzer den Einbruch gemeldet hatte. Zwei Kriminalbeamte machten sich auf den Weg zu Birnsteins Wohnung. Die ahnungslose Gattin öffnete auf das stürmische Klingeln:
„Wo ist ihr Mann?" Korrekt kam die Antwort: „Im Landesgericht!"
Die Kiberer beruhigt: „Die anderen woan scho da. Die hab'm eam eh scho!"

VERDÄCHTIGE KLEIDUNG

In Stein bricht während der Mittagszeit ein Häftling aus. Die Fahndungsgruppe wird alarmiert; die Personsbeschreibung des Ausbrechers an alle Gendarmeriestellen der näheren und weiteren Umgebung durchgegeben: 1,75–1,80 groß; trägt blaues Schlossergewand.
Schon wenige hundert Meter außerhalb der Strafanstalt, bei einer Tankstelle, werden die ausschwärmenden Justizwachebeamten fündig. „Da geht er!" Schon ist der Mann

überwältigt und wird in einen VW-Bus verfrachtet. Da nutzt kein Protest, kein Stottern und kein Stammeln – der ist es und kein anderer.
Nach längerem Verhör stellte sich heraus, daß man einen Kollegen von der nahegelegenen Strompolizei verhaftet hatte, der, weil er sein Motorboot wartete, einen blauen Schlosseranzug trug und sich Öl von der Tankstelle geholt hatte.

ABTEILUNGSINSPEKTOR VON KÖPENICK

Die „steile" Karriere des 52jährigen Sandlers Karl Swirina endete jäh am 13. September 1980 im Wirtshaus „Zum goldenen Löwen" in Wien Margareten. Swirina, grauhaarig und von äußerst seriösem Auftreten, hatte seine Gulyassuppe ausgelöffelt und bestellte gerade einen kleinen Braunen. Seine Polizeikappe und der Uniformrock waren auf einem Sessel abgelegt. „Geh, Pepperl, mach schnell einen kleinen Braunen für den Herrn Abteilungsinspektor", rief der Kellner zur Schank. Da öffnete sich die Wirtshaustüre und einige Polizisten stürmten herein: „Da schau her, der Herr ‚Kollege' . . ." Die Stammgäste und das Personal verstanden die Welt plötzlich nicht mehr, als „Abteilungsinspektor" Swirina in Handschellen abgeführt wurde. Kommentar eines Gastes: „Na, gibt's denn so was? Seit wann tuat si denn die Polizei gegenseitig vahoftn?"
Auf die Spur des falschen Beamten waren die Favoritner Kriminalbeamten der Gruppe Madlberger unter Dr. Ludwig Berghammer Ende Juli 1980 gestoßen. Ein empörter Vater hatte erzählt, daß ein uniformierter Justizwachebeamter der Sonderanstalt Hartmuthgasse versucht hätte, mit seiner 15jährigen Tochter Kontakt aufzunehmen. Vom Vater um Ausweisleistung ersucht, hätte der „Inspektor" sein Heil in der Flucht gesucht.
Auch das war Swirinas Handschrift: Der Mann hatte sich in der Uniformschneiderei der Strafanstalt Stein mit Distinktionen, Aufschlägen, Spangen und Goldknöpfen vertraut gemacht und konnte so nach Lust und Laune als

Polizist, Justizwachebeamter, Feuerwehrmann und sogar als Bundesheerangehöriger auftreten. Einige Uniformteile hatte er gestohlen, andere wieder in einem einschlägigen Geschäft in der Wiener Berggasse gekauft. Als Depot für die Kleidungsstücke diente Swirina – ganz nach dem berühmten Vorbild des „Hauptmann von Köpenick" – ein Schließfach am Wiener Südbahnhof. Die „Dienstwohnung" des falschen Polizisten war ein abgestellter LKW auf dem Naschmarkt. Bei Swirina fand man unzählige Führerscheine, Zulassungsscheine, Blutspenderausweise, ein Wehrdienstbuch sowie Sparbücher. Möglicherweise hatte er als verkleideter Polizist sogar Strafmandate kassiert und Führerscheine eingezogen.

DIE BEWERBUNG

Das Personalreferat der Justizwache suchte Nachwuchs. Auf den Bewerbungsbögen war auch eine Spalte angeführt, wo man, so vorhanden, Vordienstzeiten in Bundes-, Landes- und Gemeindedienst – also in der öffentlichen Verwaltung – anführen konnte.
Der Referent staunte nicht schlecht, als ein Bewerber fragte: „Ich war drei Jahre in Stein. Wird mir das als ‚Beamtenzeit' angerechnet?" Diese „Vorkenntnisse" konnte der Beamte allerdings nicht einrechnen.

URTRIEB

Ein Gefangener der Männer-Strafanstalt Stein war bei seiner Flucht auf eine besondere List verfallen – er zog zur Tarnung Frauenkleider an. Er wurde angehalten und später verhaftet – als er auf's Herrenklo ging.

EINE ENTWEICHUNG

Kurze Strafen werden vielfach im sogenannten „halboffenen Strafvollzug“ in der landwirtschaftlichen Außenstelle der Hauptanstalt vollzogen, was nicht immer geschätzt wird. So entfernte sich ein Insasse während der Tagesarbeit vom Gutshof. Kaum entwichen, kam ihm die Unsinnigkeit seiner Handlungsweise zu Bewußtsein, und er begab sich auf die Hauptstraße, um sich in der Hauptanstalt freiwillig zu stellen.

Müde und verschwitzt vom kilometerlangen Marsch hielt er einen daherkommenden Wagen an. Zu seinem vermeintlichen Glück war es eine Gendarmeriepatrouille. Die blaue Arbeitskluft täuschte die Gendarmen offensichtlich, sie meinten, irgendein Zivilist wolle bequem in die Stadt und sagten: „Pflanzen S' andere!“ Enttäuscht marschierte er weiter und kam schließlich reumütig und erschöpft in der Vollzugsanstalt in Klagenfurt an.

WIEDERGUTMACHUNG

Ein wegen mehrerer Eigentumsdelikte einsitzender junger Strafgefangener schrieb an seine Mutter:
„Ich werde den Schaden sicher wieder gutmachen. Selbst wenn ich *stehlen* gehen muß!“

WIE SICH DIE BILDER GLEICHEN

SELTENER WUNSCH

1936 wurde in Österreich die allgemeine Wehrpflicht wieder eingeführt, da Kanzler Schuschnigg das Berufsheer, damals 50.000 Mann stark, auf Dauer zu schwach schien, um gegen die Aggressionspolitik Hitlers gewappnet zu sein.
Dieser Entscheidung „verdankte" ein Bauernbub aus dem hinteren Pitztal, daß er zur Assentierung mußte. So stand er, nur mit der „Gattehose" bekleidet, vor dem Musterungsarzt.
Der sah sofort, daß die Füße des künftigen Rekruten schon lange kein Wasser gesehen hatten.
„Stell di da eini!" befahl der Stabsarzt und deutete auf ein Schaffel mit Wasser.
Nach einiger Zeit fragte der Doktor: „Woaßt a, warum i di do einig'stellt hob?"
Achselzucken war die Antwort.
Der Arzt ließ den Burschen weiter im kalten Wasser stehen. Nach einer weiteren Viertelstunde die gleiche Frage. Stockend kam jetzt die Antwort: „I, i moan', i kim zur Marine."

BEFRUCHTENDE WIRKUNG

Als im Jahre 1956 das Bundesheer aufgestellt wurde, bewarben sich viele Orte darum, Garnison zu werden – so auch Obernberg am Inn. Die Gemeindevertreter erhofften sich durch den Einzug von Soldaten eine Blutauffrischung, da in dem kleinen Ort schon die Gefahr der Inzucht bestand.
Im Antrag an das Verteidigungsministerium stand, daß man unbedingt eine Artilleriebatterie haben wollte. Begründung für diesen Wunsch wurde keine gegeben.
Möglicherweise steckte dahinter die (fälschliche) Überlegung, die Männer mit den dicken Geschützrohren könnten einen etwas größeren . . . haben als Soldaten anderer Waffengattungen.

M.A.V.

Die ungarischen Güterwaggons waren mit der Aufschrift „M.A.V." – Magyar Allami Vasutok – übersetzt: Ungarische Staats-Eisenbahnen – gekennzeichnet.
Im Jahr 1917, als man dem Krieg noch einmal eine erfolgreiche Wende geben wollte, war ein steirischer Zugsführer auf einem westungarischen Bahnhof mit seinen Männern beschäftigt, die Tragtiere auf die Eisenbahn zu verladen. Eines der Tiere war überaus störrisch; es half kein Schieben und Ziehen – das Tier war einfach nicht in den Waggon zu bringen.
Der Allomás-főnök, zu deutsch: Bahnhofsvorstand, schaute dem Treiben einige Zeit zu und näherte sich dann der Gruppe:
„Wos mochen sie denn mit der Ferd, Herr Zugsführer? Steht doch auf Waggon, wie soll man Ferd einladen!"
Der Steirer blickte kurz auf die Aufschrift und sagte dann: „Steht nur M.A.V., Herr Vorstand!"
„M.A.V. heißt nix Ungarisches Staatsbahnen, soll heißen: mit Arsch voraus!"

TIROLER KOMMANDOSPRACHE

Das Bundesland Tirol verfügt über einen reichen Schatz an Traditionen, worin die Schützenkompanien einen hohen Stellenwert einnehmen. (Eduard Wallnöfer, ein Leben lang dieser alpenländischen „Heimatwehr" verbunden, drohte einst seinem Kärntner Widersacher Leopold Wagner mit dem Einmarsch seiner „Schitzen"; hatte doch Wagner die frevelhafte Überlegung angestellt, Osttirol der Einfachheit halber gleich Kärnten anzugliedern.)

Die Kommandosprache dieser meist in Lederhosen, reich verschnürten Röcken und Filzhüten mit geschwungenen Federn paradierenden Einheiten, weicht oft erheblich von den Exerziervorschriften der kaiserlichen Vorbilder oder des Bundesheeres ab. So rückte in einem Tiroler Gebirgsdorf am Fronleichnamsfest die örtliche Kompanie aus und wurde von ihrem Schützenhauptmann mit folgendem Kommando vergattert:

„Mit dem Arsch zur Kirchenmauer, so wia ma voriges Jahr g'standen sind – Veer ––– gatterung!"

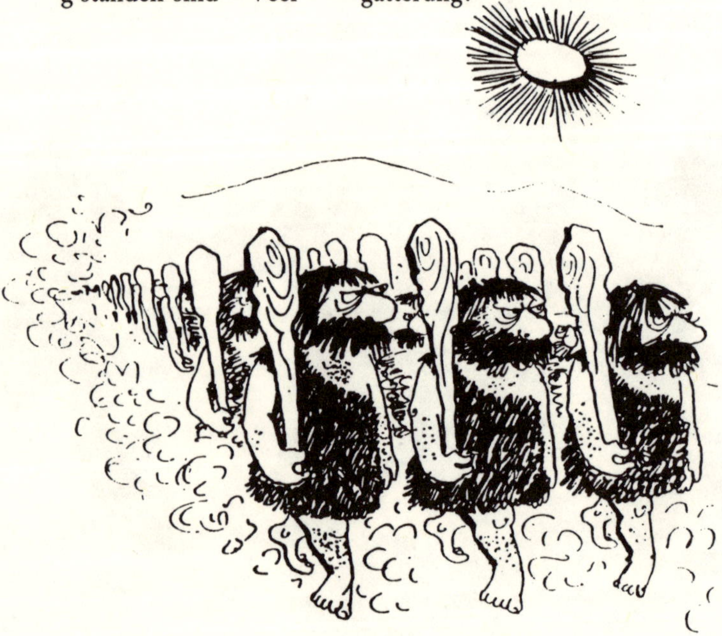

DER ALTE ZUGSFÜHRER

Oberst Annewanter, Militärkommandant von Kärnten, litt wie viele Kameraden in den siebziger Jahren darunter, daß der Titel des Brigadiers abgeschafft worden war und die Herren Obersten weiter Oberst bleiben mußten, wenngleich mit dem Gehalt eines Brigadiers – der Unterschied war außerhalb des Heeres unbekannt.
Beim Manöver Attergau kaufte sich Annewanter in einer Dorftrafik Zigaretten. Der Trafikant, ein älteres Kaliber, sah drei Sterne am Kragen und sprach den Uniformierten mit „Zugsführer" an.
Annewanter grantig: „Bei meinem Alter können Sie sich doch ausrechnen, daß ich nicht mehr Zugsführer, sondern Oberst bin."
Das machte keinen Eindruck auf den alten Mann:
„I war scho im ersten Bundesheer. Do hob'm ma no vü ötere Zugsführer g'habt!"

OBERST, ODER GAR VIZELEUTNANT

Im täglichen Dienst hat die Mehrzahl der Soldaten nur Kontakt mit Unteroffizieren, Hauptmann ist schon ein seltener Rang; davon, daß man einen Major oder gar Oberst zu Gesicht bekommt, ganz zu schweigen.
Das Landwehrstammregiment 34 ist im südlichen Niederösterreich beheimatet. Sitz des Kommandos ist Wöllersdorf; die Kompanien verstreut in mehreren Garnisonen.
Der Kommandant des Regiments, Oberst Gustav Kahn, 51 Jahre alt, taucht überraschend bei seiner Kompanie in Götzendorf auf. Der Korporal vom Tag bringt keine Meldung heraus.
Der Oberst will dem verängstigten Soldaten weiterhelfen und fragt freundlich: „Wenn Sie meinen Dienstgrad nicht kennen, dann schauen Sie mein Gesicht an. Mit so einem Gesicht kann ich nur ein Vizeleutnant oder ein alter Oberst sein!"
Da reißt's den Soldaten: „Herr Vizeleutnant, ich melde . . ."
Der Oberst wußte nicht recht, ob das ein Kompliment war oder nicht.

DOPPELT HÄLT BESSER

Vielen unseren Lesern ist die wohl am häufigsten rezitierte Erzählung Roda Rodas geläufig: über den gütigen Generalmajor Johann Kiefer. Fritz Eckhardt spielte ihn in der jüngsten Fernsehverfilmung dieses köstlichen Schwanks über die Namensgleichheit zwischen einem Zigeuner und dem inspizierenden General.
In den siebziger Jahren dieses Jahrhunderts passierte ähnliches in Kufstein. Ein Unteroffizier müht sich, den Rekruten beizubringen, wie sie sich beim Militär zu melden hätten:
„Also, Sie sagen Ihren Namen und setzen das Wort ‚Jäger' davor!"
Die „Frischlinge" schauen nicht recht überzeugt drein.

„Jetzt üben wir das Ganze einmal. Sie heißen Huber. Wie lautet die richtige Meldung?"
„Jäger Huber", kommt prompt die Antwort.
„Sie heißen Müller! Wie melden Sie sich?"
Auch dieser Soldat gibt die korrekte Antwort.
„Und wie melden Sie sich?", fragt der Ausbilder den Kleinsten in der Gruppe:
„Jäger Jägermüller!"
Das saß. Der Unteroffizier musterte den vermeintlichen Spötter, blieb dann trotzdem ruhig und fing mit seiner Erklärung von vorne an:
„Sie heißen Huber! Wie melden Sie sich?"
„Jäger Huber!"
„Großartig! Da Sie aber nicht Huber, sondern offenbar Müller heißen, wie heißt das bei ihnen?"
„Jäger Jägermüller!"
Nur der zufällig vorbeikommende „Spieß" rettete den armen Soldaten, der tatsächlich Jägermüller hieß, vor einem tätlichen Übergriff seines Ausbildners.

DER ARISTOKRAT

Anfang der sechziger Jahre wurde der Konzeptsbeamte Dr. H., ein Jurist mit aristokratischer Abstammung, von Wien in das damals noch recht verschlafene St. Pölten versetzt. Dr. H. war es gewohnt, seinem Geblüt entsprechend aufzutreten; privat wie dienstlich. Bei Dienstantritt in der räumlich beengten St. Pöltner Polizeidienststelle stach ihm sofort die karge Ausstattung seines Dienstzimmers mit ärarischen Möbeln ins Auge. Er wandte sich an den Polizeidirektor mit der Bitte, sein Büro mit echten Biedermeiermöbeln aus privatem Besitz einrichten zu dürfen. Der Polizeidirektor – in St. Pölten natürlich ein Sozialist – willfuhr seiner Bitte, fügte allerdings süffisant dazu: „Aber kein Kaiserbild, Herr Kollege; wir sind inzwischen Republik geworden."

DER GROSSONKEL

Jahre vorher spielte sich ähnliches im Bundesheer ab. Hauptmann Graf Stollberg war ein direkter Nachfahre von Kaiser Franz Joseph. Dies wußten nur wenige Offizierskameraden, auch nicht der oberste Fachvorgesetzte des Adeligen, ein überzeugter und prononcierter Sozialist, was im konservativen Offiziersstand ja eher selten war.
Als der Oberst, er war Inspektor der Panzertruppe, einmal in die Kanzlei des Grafen trat, sah er sich einem überlebensgroßen Bild des einstigen Monarchen gegenüber. Barsch fuhr er den Hauptmann an: „Stollberg, weißt du nicht, daß es im republikanischen Heer verboten ist, Bilder der 1918 abgeschafften Dynastie in Amtsräumen aufzuhängen?"
Der Graf ungerührt: „Herr Oberst, ich wußte nicht, daß es in der Republik verboten ist, das Bild des Großonkels aufzuhängen."
Diese Lektion in Familiengeschichte saß, und der Oberst verließ mit hochrotem Kopf den Raum.

GEFÄHRLICHE TÖNE

Im Frühjahr 1936 war die leichte Artillerie aus Linz auf die Turracher Höhe zum Scharfschießen verlegt. Zuständig für die Einjährig-Freiwilligen beim 1AR 4 war der damalige Leutnant Hubert Obermaier, im zweiten Bundesheer General und Befehlshaber der Gruppe III in Salzburg.
Nach einem nächtlichen Scharfschießen hielt O. noch in der Feuerstellung eine kritische Belehrung über die mangelnde Schnelligkeit beim In-Stellung-Gehen der Geschütze ab. Je länger die Belehrung dauerte, desto unaufmerksamer wurden die EF. Nach einem neuerlichen Donnerwetter hielt Obermaier inne. In der darauffolgenden Stille hörte man laut das unverwechselbare Geräusch, das entsteht, wenn jemand seinen Darmbeschwerden freien Lauf läßt.
Leutnant Obermaier schrie empört: „Wer war das?"

Ein EF hob zögernd die Hand. Obermaier brüllte ihn an:
„Was haben Sie sich gedacht?"
Der EF noch zögernder:
„Herr Leutnant, ich dachte, er würde leiser kommen."

UNEINHOLBAR

Ein Polizeioberst – er kommt an anderer Stelle noch ausführlich zu Wort – donnert bei einer Besprechung mit der Faust auf den Tisch. Durch das Nachlassen der Muskelspannung kommt ihm ein Furz aus. Instinktiv greift sich der hohe Offizier auf das Gesäß. Kommentar eines Rangniedereren dazu: „Herr Oberst, den dawischen S' eh nimma!"

DER „GLUCK-GLUCK"-ERLASS

Da die Alltagsarbeit der Polizei ja nicht nur aus aufregenden Jagden nach Bankräubern und Mördern besteht, sondern auch viele Stunden zäh verrinnen, wenn man tage- und nächtelang exotische Botschaften bewachen muß, gab es immer wieder Probleme mit Beamten, die die Öde des Dienstes durch Alkohol zu bekämpfen versuchten. In der Polizeidirektion Wien wurde daher ein Erlaß konzipiert, der den Genuß von Alkohol im Dienst strengstens verbot. Das vom Polizeipräsidenten unterschriebene Papier mußte allen Wiener Polizeibeamten zur Kenntnis gebracht werden.
Im Kommissariat Favoriten fiel diese Aufgabe einem alten Kontrollinspektor zu. Bei der Abteilungsschulung kramte er das ominöse Papier heraus, begutachtete es lange und hob dann an: „Da is a Schrieb kumma übern Alkohol. Da Gluck-gluck-Erlaß, wia a haßt." Pause. Dann kratzte er sich hinterm Ohr und sagte bedeutungsschwer:
„Also, Alkoholmißbrauch liegt vur, won ana a Viertel ausschitt!" Damit war die Belehrung beendet.

DER REINFALL

Auch im Bundesheer gibt es einen Erlaß, der verbietet, daß während der Dienstzeit Alkohol getrunken wird. Ein Regimentskommandant sah besonders streng auf die Einhaltung dieses Erlasses, ja er ging sogar so weit, täglich das Unteroffizierskasino zu „inspizieren“ und aus den Gläsern einen „Kontrollschluck“ zu nehmen. Das wurmte natürlich die Unteroffiziere.

Eines Tages bestellten sich drei alte Unteroffiziere jeder ein Achterl Wein, rührten das Getränk aber nicht an. Der gestrenge Stabsoffizier sah die Weingläser auf dem Tisch der drei stehen und fragte, ob er einen Kontrollschluck machen dürfe. Sie nickten, er kostete. Kaum hatte er das Glas an die Lippen geführt, drohte der Oberst mit Disziplinarmaßnahmen. Einer der vermeintlichen „Missetäter“ erwiderte: „Herr Oberst, da müssen Sie aber gegen sich selbst disziplinär vorgehen, denn Sie sind der einzige, der nachweislich Alkohol getrunken hat. Wir haben den Wein nicht angerührt.“

Der Oberst wurde lang nicht mehr im UO-Kasino gesichtet.

EIN EPILOG

EINE GESCHICHTE VON ERWIN LINDENAU

Zum Schluß noch eine wahre Geschichte, die in ihrer Zeit auch der Polizei zu schaffen machte. Diese Story wurde mir in meiner Jugend erzählt und ich habe Sorge, daß sie nun in Vergessenheit zu geraten droht, da die Leute, die sie noch kennen, schon über 90 Jahre alt sind. Ich habe neben der mündlichen Überlieferung mehrere alte schriftliche Quellen gefunden und möchte versuchen, diese Person der Vergessenheit zu entreißen.

JOSEPH KYSELAK

Den Besuchern des Kahlenberges kann passieren, daß sie zu einer uralten Buche kommen, die in die Rinde eingeschnitten die Inschrift „Kyselak 1818" trägt.
Dieser Joseph Kyselak hatte die beinahe krankhafte Angewohnheit, an allen nur denkbaren Stellen seinen Namen zu verewigen. Der Ausgangspunkt dieser Leidenschaft des Hofkammerregistraturakzessisten Kyselak dürfte eine Wette gewesen sein, daß es ihm gelingen würde, seinen Namen in der ganzen k. k. Monarchie bekanntzumachen, obwohl er der Herkunft und seinem Beruf nach ein gewöhnlicher Sterblicher war. Andere meinen, daß die Ursache dieser Leidenschaft ein ungetreues Mädchen war. Als er beschlossen hatte, sich auf lange Zeit nahezu unsterblich zu machen, ging er mit solcher Leidenschaft an

seine nichtsnutzige, aber niemandem ernstlich schadende Tätigkeit, daß er seinen Namen auf alten Bäumen in der Prater-Hauptallee, beim Gänsehäufel, auf dem Kobenzl, auf den Wänden der Heurigenschenken in Grinzing, in Fiakern, Bedürfnisanstalten, Theatern, selbst am Portal der Burg verewigte.

Eine beträchtliche Erbschaft von 1000 Gulden erlaubte ihm, sein Tätigkeitsgebiet auszuweiten. Er erkletterte die Dreitausender seiner Heimat, dann die Dolomiten, die Hohen Tauern, den Hochwald der Hohen Tatra, Felswände der Schweizer Alpen, bereiste und verzierte die Ufer der italienischen Seen, sogar in unzugänglichen Höhlen, auf Felsplatten, kurz, überall hinterließ er in riesigen Lettern: Kyselak.

Kyselak, der auf seinem Weg zum Ruhm namhafte Mühen auf sich nahm, verfaßte 1829 ein Buch in zwei Bänden mit dem Titel „Skizzen einer Fußreise durch Österreich . . .“. Inzwischen hatte sich der ruhmsüchtige Wiener in Tausenden von „Autogrammen“ verewigt. Kein Palast, kein Ministerium ohne Kyselak, sogar die kaiserlich-königlichen Schlösser, und, wie gesagt die Hofburg: überall Kyselak. Er erreichte einen Bekanntheitsgrad in ganz Europa wie die Großen seiner Zeit, wie Napoleon, Metternich, Talleyrand und Wellington.

Der Kaiser konnte keine Enthüllung eines Denkmals mehr vornehmen, ohne daß nach Fallen des Leinens die Inschrift „Kyselak“ zum Vorschein kam. Als bei der Eröffnung einer neuen Brücke über die Donau trotz angeordneter strenger Bewachung der verdutzte Kaiser die Inschrift Kyselak sah, war das Gelächter groß und der Kaiser arg erbost.

Kaiser Franz griff persönlich ein. Er ließ sich Kyselak vorladen und verbot ihm energisch, überall seinen Namen hinzumalen. Zerknirscht und ehrerbietig hörte sich Kyselak die Strafpredigt an. Doch siehe, nachdem ihn der Kaiser entlassen hatte, fand der Monarch auf mehreren Schriftstücken auf dem allerhöchsten Schreibtisch den Namen Kyselak prangen. Einige behaupten sogar, daß er die Urkunde mit der Verleihung des Ordens vom Golde-

nen Vlies an Feldmarschalleutnant Otremba an Stelle des Kaisers unterschrieben hatte, worüber der Habsburger nur mehr den Kopf schütteln konnte.
Kyselak hielt sich fortan an das Gebot des Kaisers und starb einige Jahre später. Bald danach herrschte in Österreich eine Trockenheit wie schon viele Jahre nicht. Seit Menschengedenken war die Donau nicht mehr so seicht gewesen. Da tauchte im Flußbett ein flacher Felsen auf, an den sich nur die ältesten Wiener erinnern konnten. Und was stand darauf in mächtigen Buchstaben, daß man es vom gegenüberliegenden Ufer deutlich lesen konnte? Kyselak!

QUELLENHINWEIS

„Handbuch der Sicherheit"
von Günther Bögl, Verlag Dr. Peter Müller, Wien

„In Kaisers buntem Rock – Anekdoten aus der K. u. K. Armee", und „Altösterreichischer Bilderbogen",
beide von Ferdinand Fauland, Styria Verlag, Graz 1973 und 1975

„Die K. u. K. Armee 1848–1914" von Johann Christoph Allmeyer-Beck, Styria Verlag

„Festbuch der Kameradschaft der Exekutive Österreichs" 1958

„80 Jahre Wiener Sicherheitswache", Verlag für Jugend und Volk, Wien

„K. u. K. Raritäten, Anekdoten aus der alten Armee" von Ferdinand Fauland, Styria Verlag, Graz 1974

BILDNACHWEIS

Erich Eibl (2); Gerhard Haderer (3); Heinz Hailwax (2); Helmut Hütter (1); Hermann Hufnagl (15); Carl Josef (Rechtsnachfolge Postkartenverlag Brüder Kohn KG; 4); Gustav Peichl (IRONIMUS; 17); Gottfried Pils (11); Rudolf Angerer (RANG; 8); Fritz Schönpflug (Rechtsnachfolge Postkartenverlag Brüder Kohn KG; 10); Erich Sokol (2).